Isolde ¼

Extrasahne für Isolde

„Wenn das Fettnäpfchen zur Komfortzone wird"

geschrieben von Marika Thommen

Mit einem scharfen Blick für die Absurditäten des Alltags und einer grossen Portion Selbstironie verwandelt die Autorin Marika Thommen kleine Missgeschicke in herzerwärmende Geschichten. Ihre Texte leben von der Liebe zum Detail

und Charakteren, die nicht perfekt sein müssen, um zu begeistern. Sie schreibt so, wie das Leben spielt: chaotisch, ehrlich und immer mit einem optimistischen Blick nach vorn – und am liebsten mit einer Extraportion Sahne.

Extrasahne für Isolde

Wie bitte?

Wolkenschaukler

Jeder braucht Schuhe

Wer ist sie?

Heute suche ich mir einen Mann

Auch wenn es Winter war

A-a-a, kotki dwa

Schene Probleme

Hund oder Katze?

Ich bin gar keine Trödeltante!

... und es kam

Aufgeschlitzt

Ein laues Lüftchen

Fest der Liebe und Überraschungen

Ein Sturm zieht auf

Isolde sieht Rot

Freudiges Ereignis

Ja, ich kaufe gerne ein

So kann ja auch jeder heissen...

Extrasahne für Isolde

Schon von Weitem sah «mein» Kaffeeladen recht voll aus. Wo kommen denn immer nur all die Leute her, fragte ich mich. Müssen die denn nicht arbeiten? Okay, ich war zwar auch unterwegs, aber das ist ja wohl auch was ganz anderes. Ich hatte heute frei. Jawoll! Ich darf und kann mir erlauben, am Morgen um halb zehn gemütlich in meinem Kaffeeladen zu sitzen und in meinem Caramel Macchiato zu rühren. Doch als ich durch das Fenster dann das Gewusel vor der Theke entdeckte, verging mir kurzzeitig die Lust auf Kaffee und ich lief an dem Laden vorbei. Allerdings überstürmte mich die Kaffeelust geradezu wieder, und zwar genau nach zehn Schritten, die ich dann auf dem Absatz kehrtgemacht hatte. Zielstrebig steuerte ich nun erneut auf den Laden zu, in welchem aber zehn Schritte später noch mehr Gewusel war als zehn Schritte früher. Doch, wieso nicht? Ich hatte doch Zeit! So stand auch ich zehenspitzenwippend vor der ausladenden Theke und tastete meinen Mund mit der Zunge nach wohltuenden Geschmäckern ab. Einen Lachs-Bagel? Oder lieber ein frisches Croissant? Einen Caramel Macchiato – das war klar – und was noch? Klar, ein Lachs-Bagel. Ich liebte Lachs. Und ausserdem würde es nicht schaden, mal etwas Gesünderes zu essen. Das war doch der perfekte Tag, um mit dem Abnehmen zu beginnen. Und schon war ich dran. Einen Caramel Macchiato und einen Lachs-Bagel bestellte ich.

«Wir haben eine neue Kaffeebohne», ertönte eine leise Stimme hinter der Theke hervor. «Schon probiert? Die Bohne kommt aus Brasilien. Sie wurde sanft geröstet und hat einen vortrefflichen Geschmack!» Die Bohne kommt aus Brasilien, haha, so blöd, dachte ich. Wie soll denn eine Bohne den weiten Weg von Brasilien bis hierher schaffen? Noch dazu ganz allein? Ich zog zum Schmunzeln den rechten Mundwinkel nach hinten und liess meine Augenbrauen nach oben schnellen, als ich mir vorstellte, wie eine Kaffeebohne auf dünnen Beinchen mit Rucksäcklein und Wanderstöckchen, mit einer Kaffeeduft-Rauchfahne, schnell zu ihrer Kaffeebohnen-Wandergruppe eilte, um den Anschluss nicht zu verpassen. Ja … Brasilien … schon recht weit weg für so eine kleine Bohne. «Ähhmmm, Entschuldigung … haben Sie sich entschieden? Möchten Sie die neue Bohne probieren?» Einen Kaffee zu bekommen, war wohl doch schwieriger, als ich dachte. «Nein danke», sagte ich. «Ich nehme eine heisse Schokolade und einen Cheesecake.» «Mit Sahne?», wurde ich gefragt. «Nein, nur mit Cheese», entgegnete ich. Hinter mir kicherte es. «Entschuldigung, ich meinte die Schokolade», erklang es hinter der Theke. Natürlich ohne Sahne … summte es im Hirn. Ohne! Ohne! Ohne! Isolde, du hast genug Sahne auf den Hüften! Meine Zunge fuhr über meine Lippen. «Gern mit Sahne!», bestellte ich, lächelte breit und beschloss spontan, das Abnehmen auf morgen zu verschieben. Und den flüchtigen Gedanken an Sport, der ab und an durch mein Hirn fegte, den wollte ich dann auch mal ganz festhalten. «Okayyyy», sagte der Typ hinter der Theke gedehnt. «Ist das alles?» Ich nickte. «Auf welchen Namen?» «Isolde ...», presste ich durch den kaum geöffneten Mund. «I. ... was?» «ISOLDE». «Ah, Isolde. IIIISSOOOOLLLLLDE», buchstabierte der Typ vor sich hin und schrieb die Buchstaben auf den Becher. Er buchstabierte meinen Namen etwas zu laut für meine Begriffe. Viel zu laut. Ich hasste meinen Namen. Und dafür hasste ich meine Eltern. Also, ich hasste sie nicht wirklich. Nur dafür, dass sie mich so genannt hatten. Und ich schämte mich für den Namen. Da liegt nun so ein kleines allersüssestes Baby in der Wiege, lacht und ist einfach oberknuddelig. Die Leute fragen lächelnd: Wie heisst denn der süsse Fratz? Isolde! Kommt dann zurück. Das passt doch einfach nicht! Nun stellt euch das doch einmal vor. I-S-O-L-D-E! Und ständig werde ich an meinen Namen erinnert, sogar hier, wo man doch nur einen kleinen leckeren Caramel Macchiato oder eben eine heisse Schokolade trinken möchte. «Danke, Isolde. Der Nächste bitte!» Ich lief ein paar Schritte weiter zu zwei anderen Typen, die emsig dabei waren, Getränke den Abkürzungen zuzuordnen, die auf den Bechern standen. Galant und flink wurde gerührt, gemixt, mit Kakaopulver verschönt, mit Caramel dekoriert und Sahne aufgeschlagen. Es spritzte und dampfte und roch alles sehr köstlich. Dann wurden die dazugehörigen Namen aufgerufen: einen grossen Kaffee für Melanie, einen

Caramel Macchiato … ich machte einen Schritt nach vorn … für Ben … Ben kam von rechts, drängte mich ab und griff nach seinem Becher. Ich machte einen Schritt zurück und wartete. Einen Chai Latte für Gernot. Ich verzog den Mund und schob eine (meine rechte) Augenbraue in die Höhe. (Das konnten nicht viele Menschen, aber ich kann das). Chai Latte … wer trinkt denn so was? Und wer zum Kuckuck heisst denn Gernot? Das ist ja fast noch schlimmer als Isolde. Der süsse Fratz in der Wiege … und so … Gernot? Ich blickte mich um und suchte Gernot. Gernot war schnell erspäht. Er steckte sich gerade ein Röhrchen in seinen Chai Latte und zog genüsslich am Halm. Seine Umhängetasche, die quer über dem mit Stoff verhangenen Oberkörper hing, war ziemlich abgegriffen. Die weite, bunte Baumwollhose, die mittig ca. einen Meter weiter unten zusammengenäht war und bei der ich immer das Gefühl hatte, die haben die Hosen voll, hatte grosse Taschen. Diese waren vollgestopft mit irgendwas. Jedenfalls waren sie ziemlich ausgebeult. Sein Haar war locker zu einem Zopf gebunden und seine Füsse steckten in weichen … Adidas-Sneakers? Stirnrunzelnd betrachtete ich die Fehlkombination. Aber ja, solche Gernots trinken wohl Chai Latte. Und weiter gings … Eine kleine Latte für Josy. Ach, wie herzig, eine kleine Latte für die kleine Josy. Huiii, die kleine Josy war aber gar nicht so klein. Sie sah aus wie eine Gazelle. Geschmeidig und galant erhob sie sich aus dem Sessel. Ihre Haut war dunkel …

sie war samtig und glänzend … Und dieser Name …
JOSY … wie Schokosplitter auf der Zunge. Schmelzend
und süss. Wahrscheinlich starrten alle Augenpaare sie
an, ich eingeschlossen. Ganz in der Ferne vernahm ich
meinen Namen: Isolde. Aber ich war gedanklich gerade
woanders … «Josy …», hauchte ich. Wie wohlklingend.
Wie eine Wolke. So schön. Das Baby in der Wiege …
Josy … ja, das passte. «Eine heisse Schokolade mit
Sahne für Isolde!», hörte ich laut rufen. Was?? Verdattert
blickte ich zum Ausgabetyp und kam zur Besinnung.
Klar, nicht nur, dass jetzt wirklich auch jeder im Raum
weiss, wie ich heisse, alle wissen nun auch noch, dass ich
eine Schokolade MIT Sahne bestellt hatte, obwohl
meine Proportionen eindeutig darauf hinwiesen, mindestens 10 bis 20 Jahre auch nicht das kleinste Häufchen
Sahne zu mir zu nehmen. «Und noch einen Cheesecake
für Isolde», rief der penetrante Typ laut. Noch einen?
Das war doch mein erster! Meine Güte!! Keinen Mucks
machte ich. Isolde? Ich blickte mich um. Ja, wo steckte
sie denn, die Isolde? Die Isolde, die Schokolade mit
Sahne bestellt und dazu noch einen Cheesecake? Mh …
keiner kam. Der Ausgabetyp schaute in die Runde und
rief noch mal laut nach Isolde. Neben mir raunte es:
«Das ist doch deiner. Du bist doch Isolde.» Ne, sicher
nicht! «Ich warte auf Josy», antwortete ich und nickte
bestätigend. Der Ausgabetyp, der das hörte, sagte: «Also,
Josy ist schon weg.» «Na gut», sagte ich, «dann nehm ich

eben Isolde.» Gelangweilt nahm ich ihm die heisse Schokolade und den Käsekuchen ab, schnaubte ein «Danke!» und lief zielstrebig auf den einzig freien Tisch am Fenster zu. Aus den Augenwinkeln sah ich allerdings, wie zwei Gestalten sich auch für meinen Tisch interessierten und auf ihn zeigten. In meinem Hirn ratterte es. Ich versuchte zu schätzen, wer von uns schneller den Tisch erreichen würde. Bei meiner Rechnerei bezog ich auch ein, wie schwer beladen das jeweilige Tablett war, wie viel Beinfreiheit unsere Kleidung hatte, wie vertieft die beiden in ihr Gespräch waren und so weiter. Was ich nicht mit einberechnete, waren die Gehstöcke von Ben. (War es nicht Ben? Ben und … mein! Caramel Macchiato?) Also, die Gehstöcke von Ben, die da so angelehnt an seinem Ledersessel standen. Ben, der, versunken im grossen Ohrensessel, mich nicht kommen sah, wie ich so zielstrebig, nur den Fensterplatz im Blick, die Stöcke schleunigst hätte aus dem Weg räumen können. Nun, dies konnte er wohl wahrscheinlich auch gar nicht schleunigst tun, denn es waren ja GEHstöcke – sprich, er kann wohl momentan oder überhaupt nicht schleunigst gehen oder springen. Wie auch immer. So kam es, wie es kommen musste. Die Gehstöcke stellten mir ein Bein oder wahrscheinlich auch beide Beine. Ich stolperte und fiel mit einem grossen Radau der Länge nach hin. Mitten in meinem Kaffeeladen! Das war einer der peinlichsten Momente in meinem Leben. Und ich hatte doch recht viele peinliche Momente. Hinter den grossen

Ohren des Ohrensessels kam ein verwuschelter Kopf zum Vorschein. Es war Ben. Der schaute ziemlich verblüfft auf mich herunter, nahm langsam die Kopfhörer aus seinen Ohren und fragte, ob was passiert sei. Nö ... ich suche die brasilianischen Kaffeebohnen. Die müssen doch hier irgendwo sein, antwortete es in meinem Kopf. Suchend blickte ich mich um und stand dabei auf. Meine heisse Schokolade hatte sich gut gehalten, dank des Deckels, aber der Cheesecake war gestorben. Der klebte nämlich unter meiner Brust. Okay, dachte ich, dann gibt's heute eben keinen Kuchen. «Alles okay!», lachte ich. «Da standen nur so Dinger im Weg ... weiss gar nicht, wo die herkommen ...». Ich zeigte auf die Stöcke. Ben stürmte plötzlich los ... flink, galant und schnell sprang, ja, er sprang über die Lehne des Ohrensessels und griff nach mir. Nein, also er griff nicht direkt nach mir, sondern eher an mir vorbei, nach der Frau, die im nächsten Sessel sass. «Laura! Bist du es wirklich?» Und ja, Laura war es wirklich! Und ich war nicht mehr interessant. Das Mädchen stiess einen quietschenden Freudenschrei hervor und liess ihre mit Silberkettchen behangenen Handgelenke um Bens Hals gleiten und zog ihn an sich. Ben küsste sie mitten auf die Stirn. «Ich habe dich Ewigkeiten nicht gesehen. Wo warst du denn so lange?» «In Brasilien!», antwortete Laura und strahlte Ben an. Natürlich, wo auch sonst Ich fand, heute war kein guter Kaffeehaus-Tag und verliess den Laden mit einem Käsekuchenfleck unter der

Brust und einem halben Becher lauwarmer Schokolade. Ich setzte mich auf die nächste Bank und pustelte die Käsekuchenbröckchen von meiner Jacke. Die Spatzen freuten sich über die verklebten Reste, die ich ihnen zuwarf, und nebenbei kramte ich aus meiner Tasche einen Schokoladenriegel. Als ich das verdrückte Teil aus dem Plastik popelte, fielen kleine Stückchen der Schokolade auf meine Jacke und gesellten sich zu den Käsekuchenresten. Als ich die Schokoladenstückchen wegwischte, hinterliessen sie schöne hellbraune Streifen, die recht gut zu dem hellen Gelb des Käsekuchens auf meiner neuen Jacke passten. Ich zog einen Flunsch. Ich war sauer. Sauer auf mich und auf alle anderen. Heute war irgendwie ein doofer Tag. Vielleicht nicht doofer als sonst, aber doch doof. Durch meine Augenschlitze sah ich ein Paar die Strasse entlanghumpeln. Also, eine Person von beiden humpelte. Ich blinzelte zweimal, um klarer sehen zu können, und erkannte Laura und Ben aus dem Kaffeehaus. Ben lief mit Kopfhörern im Ohr und Laura mit Gehstöcken. Ben nickte die ganze Zeit. Ich konnte nicht erkennen, ob er nach dem Takt der Musik nickte oder das Gesagte von Laura bestätigte. Auf alle Fälle hatte ich neue Menschen kennengelernt. Und nächste Woche werde ich mir einen Caramel Macchiato und einen Lachs-Bagel bestellen. Lachs und Kaffee machen nicht so gemeine Flecken wie ein Käsekuchen und Schoklade.

Wie bitte?

Ich wohne sehr ruhig in einem Hinterhaus - das Vorderhaus wurde bereits abgerissen. Gleiches blüht auch unserem Haus, aber das dauert noch, sagte der Verwalter. Ja, es ist ein ruhiges Haus, also ein ausgestorbenes Haus sozusagen. Nur zwei Wohnungen in dem Haus sind noch bewohnt. Unter mir wohnt Frau Kramer, sie wird achtzig, ist fast blind und noch tauber. Dafür haben wir immer gute Gespräche. Ich bin ja auch ein freundlicher Typ. Frau Kramer treffe ich oft vor dem Haus. Sie hat immer die gleiche Schürze um, eine blaue mit gelben Sonnenblumen, so eine Kittelschürze ist das. Brav hat sie alle Knöpfe bis obenhin zugeknöpft. Und immer hat sie eine Tasse dabei. Die ist zwar leer, aber Frau Kramer rührt mit ihrem Löffel darin herum. Immer. Pausenlos. Unentwegt. Sie sitzt unter dem kleinen Vordach, bei jedem Wetter. In Schürze, mit Tasse. „Hallo Frau Kramer", begrüsste ich sie, wenn ich sie traf „Wie geht es Ihnen?"Frau Kramer blickte dann misstrauisch auf: „Kenne ich Sie?" „Natürlich, Frau Kramer, ich bins, Isolde, ich wohne über Ihnen, hier in diesem Haus." Die alte Frau nickte dann stumm und fixiert mich durch ihre dicken Brillengläser. Einen Moment lang vergass sie das Rühren in ihrer Tasse. „Es ist nett von Dir, dass du mir Gesellschaft leistest", sagte Frau Kramer und legt dabei ihre Hand auf meinen Arm. „Ich bin so allein. Herbert ist immer so lange unterwegs. Ich warte auf ihn." Frau Kramer erinnerte sich an das Rühren in der Tasse und rührte begeistert los. „Ich habe Milch gekauft, für Herbert. Er mag Milch. Besonders am Abend." Gedankenverloren starrte Frau Kramer in die Ferne. „Die ganze Wohnung haben sie mir ausgeräumt." flüstert sie. „Nicht einen Stuhl haben sie mir gelassen, sogar das Bett ist weg!" Frau Kramer musterte mich von oben bis unten und fragt mich „Wer sind Sie?" „Isolde. Ich bin Isolde und wohne hier im Haus.""Hä?" Die alte Frau klemmt sich das Ohr mit ihrem knorrigen Zeigefinger nach vorn. „Hä?""Isolde! ISOLDE. Ich wohne hier im Haus. In der Nummer 7." Unwirsch winkte Frau Kramer ab: „Er wird nicht kommen, Kindchen, er wird nicht kommen." Frau Kramer legte den Löffel neben die Tasse und schaute mich ernst an: „Er ist ganz bestimmt tot." Die Augen hinter ihren dicken Gläsern waren hellblau oder grau, vielleicht auch beides. Aber sie waren so klar wie ein Bergsee. Sie umschlang mein Handgelenk und betonte nochmals: „Er kommt nie wieder zurück." Dann rührte sie in ihrer Tasse weiter und ich verabschiedete mich. „Tschüss Frau Kramer, ich muss los. Schönen Tag noch. Und, Ihr Herbert kommt sicher bald." Frau Kramer klemmte sich den Finger hinters Ohr.„Hä?" „Tschüss" rief ich und lief los. „Wer sind Sie denn?" rief Frau Kramer mir nach. Haben Sie mein Bett gestohlen?" Ja, die Frau Kramer ist ja schon eine Nette.

Wolkenschaukler

Gerne ging ich in den Park. Dort war immer viel los.
Mamis und Papis mit Kindern oder Mamis ohne Papis
mit Kindern oder umgedreht. Oder auch Papis, die gar
keine sind, es aber (noch) nicht wissen oder Papis, die
gar keine sein wollen, sich aber trotzdem anstrengen und
dann hinter der Schaukel stehen und ihr Kind beschau-
keln. Ist gut so? Höher! Jubelte das schaukelnde Kind.
So ist gut? Höher! Jauchzte das Kind. Und der Papa
stiess immer fester am Schaukelsitz. „Ist es hoch genug?" schrie er in den Himmel hinauf, in welchem das
Kind auf dem Schaukelsitz fast verschwindet. Schwach
tönte es aus den Wolken: Noch höher! Der Papa wartet
einige Sekunden, bevor das Kind wieder auf Landean-
flug ist und stiess sein Kind mit aller Kraft an. Die weniger mutigen Muttis mit den vermeintlich weniger mutigen Kindern, liessen ihr Kind nicht so hoch schaukeln.
Niemals. Nur wenige Zentimeter vor und zurück bau-
meln sie dann und die Mütter fragten sehr oft nach der
Angst des Kindes. Wenn diese Kinder dann mit dem
Papa im Park sind, sind sie wohl auch Wolkenschaukler.
Etwas missbilligend schauten die ängstlichen Mütter die
Papas der Wolkenschaukler an und setzten eine ernste
Miene auf. Eine sehr ernste Miene.Sie spitzten ihren
Münder, sie hüstelten vor sich hin und tauschten mit den
anderen unmutigen Muttis Blicke aus. Wenn das froh
geschaukelte Kind dann genug geschaukelt hatte, gab es

noch den Sandkasten zu entdecken. Zwar war der Sandkasten gross, doch irgendwie war er immer etwas zu
klein für einen Papi, ja und noch für das Kind. Die
hübschen weiss bemützten Mädchen in schicken Kleid-
chen sollten sich ja eigentlich gar nicht schmutzig machen, sie sollten nur schön aussehen. So kamen die Muttis aller zwei Minuten, hoben ihr Prinzesschen aus dem
Sand, schüttelten es im Ganzen und klopfen es ab, bevor
es wieder in den Sand gesetzt wurde und mit rosaroten
Schaufelchen und bunten Eimerchen spielen durfte.
Wolken - Schaukelkind und Papi hingegen waren inzwischen mit einem Bulldozer auf Ketten angerückt. Dieses
gigantische Teil konnte sogar tiefe Nebelhörnertöne von
sich geben. Also, das Nebelhorn war der Papa und das
Kind der Schaufler. Gekonnt drehte der Papa an der
Kurbel und hornte laut vor sich hin, damit Sohnemann
die grosse Schaufel durch den Sand gleiten lassen
konnte. Und natürlich möchte auch mal Papi baggern
und so wechselten sie die Plätze. Ungeduldig fragte das
zum Hilfsarbeiter degradierte Kind, wann es denn nun
auch mal wieder baggern durfte und erst, wenn es dann
mit dem Fuss aufstampfen und weinen wollte – dann
wurde wieder getauscht. Um nicht übersandet zu werden, löseten sich einige Muttis aus sichtlich wichtigen
Gesprächen mit anderen Muttis, kamen angerannt, um
ihren Sonnenschein vor dem Sandsturm zu schützen.

Und es wurde immer ein grosser Sandsturm; denn daheim finde ich nach jedem Parkspaziergang noch ein paar Sandkörner in meinen Jackentaschen.

Jeder braucht Schuhe

Ich brauchte Schuhe. Ich brauchte wirklich Schuhe und nein, die 25 Paar, die ich zu Hause hatte, reichten nicht. Ich brauchte ein Paar hohe schwarze Riemchenschuhe, Sandalen, sozusagen, aber mit Absatz und eben mit Riemchen. Offen sollten sie sein. Schwarz. Passend zu dem roten Kleid, welches seit zwei Jahren im Schrank hing. Nun endlich konnte ich es tragen. Basti heiratet. Ja, mein kleiner Bruder vermählt sich. Er war verliebt. Und, Angie, wie sie sich nannte, die er in Thailand kennengelernt hatte, wohl auch. Eigentlich hiess sie ja Sunisa - Malee. Doch das kann sich hier keiner merken, darum nannte sie sich eben Angie. Jedenfalls wollte sie ganz schnell zu ihm ziehen und dafür nach Europa kommen. Und für diese Hochzeit brauchte ich das 26. Paar Schuhe. Jawoll. Ich schaue aus dem Fenster und freue mich. Nichts zu sehen vom gemeldeten Regen. Also rein in die weisse Leinenhose. Ich hielt die Luft an und schaute an mir hinunter. Klasse, die passte perfekt! Vorm Spiegel sank mein Selbstbewusstsein allerdings wieder. In dem orangefarbenen Top und den weissen Hosen sah ich aus wie eine Leberwurst in zu kleiner Hülle. Es quoll mächtigst am Hosenbund. Und über die erste Bauchwurst konnte ich vorher gar nicht darüber sehen. Nun aber, vor dem Spiegel, zähle ich. Drei. Drei Speckringe! Oje. Ich zog meinen Bauch noch weiter ein und hielt den Atem an. Juppi! 2 Speckringe weniger. So bleibe ich, dachte ich, schlüpfe in meine Latschen und lief los. Ich sauste die Treppe hinunter und blieb vor der Hinterhaustüre stehen. Ich drohte zu ersticken. Ich holte tief Luft und atmete lang aus und die zwei versteckten Speckringe schlapperten sich wieder über meinen Hosenbund. Dabei macht es Ping und mein Knopf sprang ab. Es schien allen Spass zu machen mich zu ärgern. Ich knurrte vor mich hin und machte kehrt. Musste ich doch nun wieder nach oben in den 1. Stock und mich umziehen. Ich fluchte vor mich hin (was ich nur in ganz seltenen Fällen tue) und suchte den Knopf. Da war er! Ich bückte mich und - ratsch, die Hosennaht riss. Frau Kramer, welche soeben in Schürze und mit Tasse aus ihrer Wohnung kam, sagt: „Oh Kindchen, Sie dürfen gern mein Klo benutzen, wenn es Ihnen eilt." Klasse, sonst versteht sie kein Wort, dachte ich, aber so etwas hörte sie wieder! „Danke Frau Kramer, ich muss nicht aufs Klo." erwiderte ichIch eilte an Frau Kramer vorbei in den ersten Stock. Gut, also von vorn. Diesmal etwas ohne Baucheinziehen. Ich entschied mich für meine Lieblingsstoffhose mit Bündchen, man könnte sie auch als Jogginghose betiteln, die passte immer. (Die hatte nämlich oben einen Gummibund.) … Stoffsneakers … und eine Karobluse. Nein, die Karobluse ging gar nicht … aber das schwarze T-Shirt «Schwarzwaldmädl» geht. Das Mitbringsel aus den letzten Ferien, erinnere ich mich … also den allerletzten … den von vor

… tja … na ja, war ja auch egal. Ich brach mein Gedächtnistraining ab und betrachtete mich im Spiegel. Ja, das ist ganz okay, dachte ich und stürmte wieder los. Frau Kramer sass bereits vor dem Haus, in Schürze, mit Tasse und rührte. Heute hatte sie ein Kopftuch auf dem Kopf. Als hätte sie meine Gedanken erraten, sagte sie: «Zieh dich warm an, Kindchen, es wird Regen geben.» Der blaue Himmel und ich wollten eigentlich etwas anderes sagen. Doch ich nickte nur und lief los: «Tschüss, Frau Kramer!» So, nun rein ins Kaufgetümmel. Bereits im zweiten Schuhladen verlor ich die Lust. Lust auf die Suche nach meinem 26. Paar Schuhe. Es war so anstrengend, einzukaufen. Also … auszusuchen … anzuprobieren … und den Verkäuferinnen auszuweichen. Im ersten Laden war ich noch höflich. Kaum hatte ich das Geschäft betreten, eilte mit kleinen Schritten ein alienhaftes Wesen auf mich zu und lächelte mich bereits aus zehn Meter Distanz an. Seine Haut war weiss, die Augen dunkel, ebenso der Mund. Die Finger mit den rot lackierten Nägeln hatte es in sich verkeilt. Das beigefarbene Kostüm passte hervorragend. Es passte nicht nur gut, es stand dem Alienwesen auch bestens. Es sass wie eine zweite Haut. Vielleicht war es tatsächlich angewachsen. Ihr langes blondes, fast weiss gebleichtes Haar war zu einem Knoten gebunden. Sie piepste schon von Weitem, wie sehr sie sich freue, mich hier in ihrem Laden zu sehen. Was ich denn suche und wie sie mir behilflich

sein könnte. Ihr honigsüsses Lächeln verzog sich allerdings zusehends zu einer eher unglücklichen Miene,
umso näher sie mir kam. Sie musterte mich von unten
nach oben. Ihr Blick blieb auf dem Aufdruck «Schwarzwaldmädl» hängen und löste sich erst, als ich mich leicht
bückte, um mit ihr Augenkontakt aufnehmen zu können. «Nein danke», sagte ich. «Ich schaue mich nur um.»
«Gern», erwiderte mein Alienwesen und eilte davon,
hinter die Kasse, um sicher ganz wichtige Dinge zu tun.
Ich war wohl allein im Laden. So tappte ich von Regal
zu Regal und hielt Ausschau nach meinem 26. Paar
Schuhe. Wie Nadelstiche spürte ich die Blicke meines
Alienwesens im Nacken. Sie verfolgte jeden meiner
Schritte. Mein Nacken war sicher schon feuerrot, heiss
fühlte er sich jedenfalls an. Ich drehte mich zu ihr um.
Mein Alien legte den Kopf schief und lächelte honig-
süss. Und Gleiches tat ich auch. Sie liess mich nicht aus
den Augen. Ich nahm aus dem Regal einen Schuh und
beobachtete aus den Augenwinkeln mein Verkaufs-A-
lien. Alien machte den Mund spitz und klapperte unentwegt mit den Augenlidern. Sie scannte ein Etikett, legte
den Kopf schief, blinzelte augenlidklappernd in den
Computer, scannte ein anderes Etikett, legte den Kopf
auf die andere Seite und wiederholte dieses Spiel, bis …
ja, bis sie ihren Kopf hochriss und rief: «Oh, entschuldigen Sie, ich komme und helfe Ihnen!» Helfen? Wem?
Hoffentlich nicht mir … dachte ich und schaute mich
hektisch um. Doch schon kam sie angeschwebt und

blickte mich irgendwie so stechend an. «Die sind ganz frisch eingetroffen.» Oh … Spanferkel … ganz frisch, dachte ich … oder Kaffeebohnen …? Sanft geröstet? Ich kicherte und sagte, dass ich es auch eher frisch mag. Verständnislos blickte mich das Alien an. Na ja, vielleicht hatte sie auch Mühe mit der menschlichen Sprache. Sie nahm mir den Schuh aus der Hand und hielt ihn mir vor die Augen: «Neue Ware, gute Ware.» Und was sehen meine überbeanspruchten Augen? Einen Männerschuh, eine Sandale. Ich stehe vor einem Männerschuhregal mit der Grösse 48. Ich lächle freundlich und nicke. Wortlos drehe ich mich um. Ach, und da erspähe ich doch noch eine Kundin. Inmitten von Kartons und Papier sass eine ältere Frau. Sie schaute mich etwas hilfesuchend an, hatte ich das Gefühl. Als eine andere Verkäuferin mit drei weiteren Schuhkartons heraneilte und uns beiden mitteilte, wie wichtig gutes Schuhwerk sei. Und wie gerechtfertigt ihre Preise wären. Bedient verliess ich den Laden und ging ein paar Schritte. Im zweiten Schuhgeschäft wollten mir gleich zwei Damen unbedingt helfen. Ich lächelte sie freundlich an und nickte. Vielleicht war ich taub oder sogar stumm? Vielleicht verstand ich auch ihre Sprache nicht? Ob ich etwas suchte? Nein, ich suchte doch nicht – in einem Schuhladen muss man nichts suchen. Dort findet man Schuhe. Was sollte ich denn hier wohl suchen? Fallschirme? Autos? Stopfnadeln? Ach, ich hatte keine Lust mehr. Ohne Schuhe und ohne annähernd ähnliche Dinge verliess ich auch diesen Laden und bestellte mir im nächsten Café einen Kaffee, eine Flasche Wasser und natürlich ein Stück Käsekuchen. Jawoll, mit Sahne. Mit Extrasahne. Das hatte ich mir jetzt doch verdient! Der Gedanke ans Abnehmen hatte mich heute noch nicht besucht, sodass ich ohne schlechtes Gewissen reinhauen konnte. Der Kuchen war himmlisch, er zerging auf der Zunge und hinterliess einen feinen Geschmack von Vanille. Ich leckte mit der Zunge die restliche Sahne vom Teller und erklärte dem stirnrunzelnden Ehepaar am Nachbartisch, dass ich so etwas Gutes sicher nicht dem Spülwasser übergeben könne. So, spornte ich mich an … weiter geht's, du brauchst Schuhe. Ich sprang auf, voller Elan, rumpelte an den Tisch und warf die Wasserflasche um. Mit lautem Gepolter stürzte diese zu Boden. Der Kellner winkte nur ab und ich verliess das Café mit einem roten Kopf. Auf der anderen Strassenseite hatte ein grosses Kaufhaus eröffnet. Und was sahen meine rehbraunen Augen da? Schuhe …! Massenhaft Schuhe. Hohe, flache, schöne, hässliche – in allen Farben und Formen. Und … die lagen wild durcheinander in grossen Körben vor dem Eingang. Wie Fische in einem Netz. Sie warteten nur darauf, gefangen zu werden. Sie zappelten ja schon! Viele Frauen wühlten bereits. Ich wühlte mit. Da! Da … da waren solche, wie ich sie wollte. Welch ein Glück! Ich schaute … ja … meine Grösse! Grösse 39. Eine Weile musste ich schon nach dem zweiten Schuh suchen, dennoch … voller Stolz tippelte ich Minuten später mit einem knallgelben Plastiksack mit der Aufschrift «XXL-Sale» aus dem Laden. Die neuen schwarzen Riemchenschuhe liess ich gleich an. Schliesslich müsse man Schuhe einlaufen, sagte meine Oma immer. Sonst drücken sie. So stakste das stolze Schwarzwaldmädl in schicken Schuhen den Gehweg entlang. Die alten ausgelatschten Sneakers liess ich samt Plastiksack in der nächsten Abfalltonne verschwinden. Hinter mir rumpelte es in den Wolken. Ich blickte mich um. Ohhh, der Himmel war aber dunkel. Mist, dachte ich … da kommt wohl die gemeldete Regenfront. Ich stakste, so schnell ich konnte, in meinen hohen Schühchen über das Pflaster. Es rumpelte bereits beträchtlich nahe. Die Stadt hatte ich schon verlassen, noch fünf Querstrassen, dann war ich daheim, freute ich mich, als die ersten dicken Tropfen auf die Strasse plumpsten. Wie fette, dicke Frösche platschten sie auf die Strasse und zerplatzten. Nee, dachte ich … das kann aber jetzt nicht wahr sein. Und doch, es war sehr wahr. Aus den Tropfen wurde ein Guss und aus dem Guss ein Weltuntergang. Es war stürmisch, dunkel und es regnete in Strömen. Ich rannte. Der Regen rannte auch. Mir den Kopf hinunter in den Ausschnitt, über die Brust und über den Rücken. Mein BH klebte bereits an meinem Körper, die Speckwürste zeichneten sich ungnädig unter meinem nassen T-Shirt ab. Wie eine nasse Leberwurst rollte ich durch die Strasse. Mein Haar hing in langen, hässlichen Würmern traurig bis auf die Schultern, und von meinen schwer erkämpften neuen schwarzen Schühchen lösten sich die Sohlen. Na, die kann ich wieder ankleben, dachte ich und legte noch einen kleinen Zahn Tempo zu. Im selben Moment brach der Absatz des rechten Schuhs ab. Zornig blieb ich stehen und stampfte mit dem linken Fuss auf. Nein! Nein! Nein! «Brich du doch auch noch ab», schrie ich herum. Doch dieser Absatz wollte nicht weichen. Standhaft klammerte er sich am Schuh fest, so sehr ich auch stampfte. Mit einem Absatz in der Hand und einem hohen und einem flachen Schuh kam ich humpelnd daheim an. Vor dem Hinterhaus Nummer 7 sass Frau Kramer und rührte in ihrer Tasse. Frau Kramer hatte jetzt einen Schirm aufgespannt, obwohl sie ja bereits ein Kopftuch trug und zudem unter dem Vordach gar nicht nass wurde. «Ich hoffe, Ihr Herbert hat auch einen Schirm dabei», maulte ich und stürmte ins Haus. Mein neues 26. Paar Schuhe stopfte ich in den Mülleimer. Ich starrte auf mein Schuhregal mit den 25 Paar Schuhen. Okay … ein Satz mit X. Ich kicherte vor mich hin … so eine blöde Schuh-Kauf-Aktion. Nachdem ich mich umgezogen hatte, nahm ich den Regenschirm aus der Garderobe und setzte mich zu Frau Kramer vor das Haus. «Hallo Frau Kramer, wie geht es Ihnen?» «Wer sind Sie?» «Ich bin's, Isolde, ich wohne über Ihnen.» Die alte Frau legte den Finger hinters Ohr. «Häää?» Als ich meinen Schirm aufgespannt hatte, hörte es auf zu regnen.

Wer ist sie?

Frau Kramer ist wieder da. Sie war einige Tage im Krankenhaus. Und ich freue mich, dass sie wieder da ist. Als ich nach der Arbeit nach Hause kam, sass sie schon vor dem Haus. Sie hatte einen Mantel an und sah etwas blass aus. «Hallo, Frau Kramer!», begrüsste ich sie laut. «Schön, dass Sie wieder da sind!» Frau Kramer schaute mich an und lächelte. «Ach Kindchen, du kommst mich besuchen, wie schön!» «Ich bin's, Isolde, ich wohne hier. Ich wohne über Ihnen.» «Hää?» Frau Kramer legte ihren Finger hinters Ohr und schaute mich erwartungsvoll an. «Möchten Sie einen Tee?», fragte ich sie. Ja, das wollte sie gern. Sie hatte nämlich heute keine Tasse dabei und auch keinen Löffel. Das wunderte mich etwas. Ihre Hände lagen ruhig im Schoss, nur ihre Daumen bewegte sie im Kreis. Ich flitzte hoch und brühte einen Hagebuttentee auf. Den brachte ich Frau Kramer. Dann flitzte ich nochmals hoch, weil sie einen Löffel wollte, und dann, weil Frau Kramer Zucker wünschte. «Haben Sie Herbert gesehen?», fragte mich Frau Kramer. Ich legte meine Hand auf ihren Arm und sagte nah an ihrem Ohr: «Nein, Frau Kramer, aber Ihr Herbert kommt sicher bald. Er hat wohl noch wichtige Dinge zu tun.» Frau Kramer nickte zustimmend und rührte in ihrem Tee. Frau Kramer und ich sassen in der abendlichen Sonne und hingen so jeder unseren Gedanken nach. Frau Kramer dachte wohl an Herbert und ich ging in Gedanken meinen Kleiderschrank durch. Nächste Woche Samstag war die Hochzeit meines Bruders und ich hatte keine Schuhe, welche zu meinem roten Kleid passten. Hoffentlich passte mir das rote Kleid überhaupt noch! Rainer hatte es mir verkauft. Rainer war der Mann von Susi. Beide hatten einen kleinen Secondhandladen, in welchem ich ab und zu gerne stöberte. Die alten Sachen fremder Leute zogen mich irgendwie an. Was sie alles so weggaben! Welche Geschichten wohl dahintersteckten. Zum Beispiel der alte Wasserkessel, den ich zum Wasserkochen benutze. Nein, einen elektrischen Wasserkocher hatte ich nicht. Wasserkochen mit dem Wasserkessel war für mich etwas Besonderes. Das hatte Stil. Es war doch herrlich anzuschauen, wie er dampfte und zischte, zornig wie ein Stier. Den Wasserkessel zum Beispiel und noch viele andere Dinge fand ich bei Rainer und Susi. Und als ich das rote Kleid im Schaufenster sah, war ich überwältigt. Es war zwar schlicht, doch gerade dies hatte so eine gewisse Eleganz. Der Saum war mit roter Stickerei bezogen, die langen Ärmel waren weit geschnitten. Das Dekolleté war mit Goldplättchen verziert. Mit einer schwarzen Kordel wurde das Kleid zusammengehalten. Es war ein Prachtstück. Magisch angezogen spazierte ich in den Laden. Susi war nicht da, aber Rainer. Rainer fummelte das Kleid von der Schaufensterpuppe und hüpfte galant auf Zehenspitzen von einem der wenigen nicht zugestellten Plätzchen im Schaufenster zum nächsten. Er machte das wohl nicht zum ersten Mal, denn nicht ein Schälchen oder Väschen, welche im Überfluss die Schaufensterauslage dekorierten, fiel um oder wackelte gar. Als ich das Prachtstück in den Händen hielt, fühlte ich den Stoff. Er war seidig, er war weich, er roch gut. Ach nein, das war Rainer, der roch nämlich auch gut. Ja. Also, das Kleid passte. Es passte richtig super. Und es passte gut zu mir. «Und … wie sieht's aus? Passt es?», rief Rainer mir in die Umkleidekabine zu. Klar, es passte mir super und wie! Meine schwarzen Locken fielen leicht und locker bis auf die Schultern, die Goldplättchen schauten schimmernd zwischen meinen Haarsträhnen hervor. Das Kleid umspielte meine Figur, als wäre es für mich geschneidert worden. Ich präsentierte mich Rainer. Und Rainer war verblüfft. «Wow!», rief er und klatschte vor Bewunderung in die Hände. Also, es war wohl Bewunderung, nehme ich an. «Sie sehen umwerfend aus. Das Kleid passt Ihnen perfekt!» Er musterte mich von oben bis unten. An manchen Stellen musterte er mich etwas länger. Ganz wohl fühlte ich mich natürlich nicht dabei, so angeschaut zu werden. Mit rotem Kopf strahlte ich ihn an. «Ich nehme es.» Tja, so war das. Und nächsten Samstag wollte ich es tragen. Ich wollte tanzen in meinem roten Kleid. Lächelnd, mit geschlossenen Augen, stellte ich mir vor, wie ich in meinem Prachtkleid mit einem Prachtmann über den Boden schwebte. Wie er mich an den Hüften hält, wie er mich dreht, wie weich sein Haar ist, wie gut er riecht, wie warm seine Hände sind und wie er mir näher kommt und ich seine Wangen an meinem Gesicht spüren kann und wie … Es klingelte, eine Fahrradklingel. Ich riss die Augen auf. Vor der Sonne stand eine Silhouette: die einer Frau mit einem Fahrrad. Ihre Haare waren hochgesteckt, ihr kurzer Rock war ein paar Zentimeter zu kurz. Die Sonne durchschien ihre Bluse und ich konnte kurz ihren BH sehen. Fröhlich winkte sie uns zu. «Hallo, Frau Kramer!», rief sie und rollte das «r». Frau Kramer winkte zurück und rief: «Guten Tag, Magdalena!» Magdalena? Hallo!? Ich war verwirrt und setzte mich auf. Ich beobachtete die junge Frau, die auf uns zukam, und rief Frau Kramer zu: «Wer ist sie, kenne ich sie?»

Heute suche ich mir einen Mann

Heute suche ich mir einen Mann. Eigentlich suche ich ja nicht, aber ich hätte gern einen, und heute suche ich mir einen aus. So aus Spass. Einen, der mich auf Händen trägt, der mir gefällt. Der mich nicht verbiegen will, mich so nimmt, wie ich bin. Ich hatte allerdings Ansprüche. Ich wollte einen ohne Bart. Schöne Hände musste er haben. Am besten einen dunklen Typen … oder einen hellen. Die Augen sind das Wichtigste. Jawoll! Ich nickte vor mich hin. Und er darf keine Sandalen tragen, ich mochte Männer in Sandalen nicht. Also, er muss einfach gut aussehen. So einen suche ich mir heute aus. Jawoll. Heimlich. Heimlich suche ich mir den aus. Er wird gar nicht merken, dass ich ihn mir ausgesucht habe. Dafür setzte ich mich in die Fussgängerzone, in meinem schwarzen «Schwarzwaldmädl»-Shirt und knallroten Jeans. Mit Gummibund. Ich habe da so ein Knopfproblem. Und Hosen mit Gummibund sind doch sehr bequem, so beim Sitzen. Also mit dem T-Shirt darüber machte ich sogar eine richtig gute Figur, fand ich. Aus meinen offenen Schuhen schauten frisch lackierte Zehennägel heraus. Rot. Ich sass nun also in der Fussgängerzone, auf einer Bank, mit einem Eis. Einem Schokoladeneis. Mit Sahne, also mit Extrasahne. Es liefen viele Männer vorbei, doch mich interessierten nur die ohne Frau. Und die ohne Mutter. Und auch nur die ohne Geliebte und so weiter. Single muss er natürlich schon sein.

Ich will ihn ja ganz für mich allein haben. Bin gespannt, was da so kommen mag. Gierig schaute ich. Gierig suchte ich. Da! Ich musterte von oben nach unten. Ach, der ist nichts ... viel zu klein. Warten auf den Nächsten ... aha! Mhhh ... der hat so komische Schuhe an, die sind so spitz vorn ... in Braun ... bääh! Also ... warten ... Es war warm ... Mein Eis tropfte. Es tropfte auf mein Shirt. Da, der nächste Mann kam. Ne ... das war auch nicht das Wahre. Zu korpulent ... das geht ja gar nicht, und der nächste Typ? Viel zu mager. Es kamen viele Männer, aber da passte nicht wirklich was. Einer war zu gross, der nächste zu hager. Einer, der mir gefallen hätte, hatte O-Beine. Dann kamen nur noch welche mit Bart. Und einen mit Bart wollte ich nicht. Ahhh da ...! Was erspähten meine Adleraugen ... Guter Gang, tolle Schuhe. Meine Augen wanderten weiter nach oben. Kein Bart, klasse! Aber, oh weh ... eine Glatze! Oje ...! Ein paar Haare wären schon schön gewesen. Mein Eis tropfte wieder. Die Spitze der Waffel war weich geworden ... Aber da! Das war er: MEIN MANN. Wow! Umwerfend. Galant, schwarzer Anzug, schwarze Schuhe, Locken, Locken ...? Na gut, dann halt Locken! Aber der Rest passte. Er sah gut aus. Und er sah zu mir. Er lief an mir vorbei. Ganz nah. Nun nichts falsch machen. Brust raus, gerade sitzen. Ja, er lächelte. Lächelte mich an und nickte. Er hatte mich richtig angestarrt, auf meine Brust geschaut, ins Gesicht geschaut und genickt! Wow ... mir wurde gleich ganz heiss. Meinte er wirklich mich? Klar, er meinte mich. Neben mir sass ja keiner, hinter mir stand keiner. Mich meinte er! Aber hallo! Wieso auch sollte er mich nicht meinen? Wow, welch ein Gefühl. Huuiii, mir war ganz heiss. Ich schaute dem Mann nach. Er hatte sich sogar noch mal umgedreht und mir zugelächelt. Ehrlich! Ich schaute lange ... bis er verschwand. So einfach war das also, einen Mann zu finden. Klasse! So, nun diesen Mann im Kopf behalten, abkühlen und nicht durchdrehen, hiess die Devise. Ich schlenderte heimwärts, den Prachtkerl im Kopf. Daheim angekommen, lehnte ich mich an die Wohnungstür und mir entglitt ein tiefer Seufzer. Mir gegenüber stand mein grosser Flurspiegel. Ich betrachtete mich. Ja, so übel sah ich ja auch gar nicht aus. Gut, den schokoladenverschmierten Mundwinkel hätte ich putzen können. Ich schaute an mir hinunter und wieder hinauf. Ja, ein heisses «Schwarzwaldmädl», murmelte ich lächelnd. Doch dann musste ich meine Augen zukneifen und spähte nochmals durch die Augenschlitze. Schwarzwald – was? Ich peilte auf den Spiegel zu. Ganz dicht starrte ich ins Spiegelbild. Auf meinem Shirt war ein grosser Fleck, ein Schokoladeneisfleck. Genau auf dem Buchstaben «d». Auf dem «d» von Wald. Ich lese «Schwarzwaldmädl» ohne «d». Ich bin also ein «Schwarz**WAl**mädl». Verdammt!

Auch wenn es Winter war

Es kam Leben in unser Haus. Magdalena war Frau Kramers Betreuerin, die nun bei ihr in der Wohnung wohnte. Eine fröhliche und reizende Person. Sie strahlte immer. Und wenn sie strahlte, sprang diese Fröhlichkeit einfach so über. Auch zu mir. Wie ein Floh. Ein Floh, vollgepackt mit Fröhlichkeit, sprang einen an. Sie war in der Tat eine nette Person und auch redlich bemüht um Frau Kramer. Oft hörte ich sie singen, in ihrer Muttersprache. Auf Polnisch. Hatte Magdalena denn nie schlechte Tage? Ich meine, es gab doch auch schlechtes Wetter. So wie heute zum Beispiel. Gedankenverloren stand ich am Fenster und schaute hinaus. Starr standen die Bäume und rührten sich nicht vor Kälte. Ich hatte das Gefühl, dass sich Bäume im Sommer bewegen können. Aber vielleicht sind das auch nur die Blätter, die sich im sanften Winde wiegen und diesen Eindruck vermitteln. Ja, der Winter hatte Einzug gehalten. Wie blöd. Winter ... Dabei mochte ich doch keinen Winter. Ich war ein Kind der Sonne und nicht des Schnees. Und kein Kind der Kälte. Und auch kein Kind von abfallenden Blättern und braunen Wiesen. Ich will Sonne, Wärme, Vogelgezwitscher, ich will das Schimmern des Lichtes auf dem See, das Toben im Wasser. Ich will Eis essen in der Fussgängerzone, ich will barfuss laufen, ich will ans Meer und ich will ... Ach und ... ja, ein Mann zu alldem wäre auch nicht schlecht. Die Heizung gluckerte vor sich hin, als wollte sie sich mit mir unterhalten. Heute war es ruhig im Haus. Nichts zu hören von: «Ich komme, Frau Kramer. Einen Moment, Frau Kramer. Das machen Sie wunderbar, Frau Kramer.» Und nichts zu hören von Magdalenas klarer Zwitscherstimme mit dem rollenden «r». Daran habe ich mich gewöhnt, und ich mochte es, wenn sie sang. Oft sang sie auch Kinderlieder und klatschte im Takt. Frau Kramer gefiel dies. Manchmal hörte ich beide laut lachen. Nie hatte ich Frau Kramer jemals lachen gehört. Heute lachte keiner. Heute war es ruhig im Haus, sehr ruhig. Ich fühlte mich einsam. Doch es gab keine Zeit für trübe Gedanken, ich musste zum Bus. Und der Blick auf die Uhr verriet mir, dass ich mich beeilen musste. Ich stopfte meinen Kittel, der gewaschen und gebügelt auf dem Tisch lag, in den Rucksack, schlüpfte in Mantel und Schuhe, angelte mir noch den Schal aus der Garderobe und verliess das Haus. Vor der Haustüre empfing mich ungnädige Kälte. Meine Nasenspitze schien in Sekunden zu gefrieren, und meine Augen weinten bereits nach wenigen Schritten. An der Bushaltestelle, welche sich nur ein paar Minuten von unserem Hinterhofhaus befand, warteten bereits einige Personen. Alle standen schockgefroren und regungslos. Mit Zeitung, ohne Zeitung, über die Hälfte hatte das Handy vor der Nase und andere schauten nur. Alle warteten. Es sind immer die gleichen Gesichter, dachte ich. Ich nickte und murmelte ein «Morgen», einige nickten zurück und murmelten auch etwas. Der Bus kam nach wenigen Sekunden und war voll, wie immer. Die Mutter mit ihrem Zwillingswagen nahm den restlichen wenigen Platz weg. Und so stand ich, eingepfercht zwischen einer dicken Frau, die anderthalb Köpfe grösser war als ich und welcher ich auf den grossen Busen starren musste, und einem hageren Mann, der sich an mich anlehnte. Die Frau vor mir war etwa so breit wie hoch, hatte einen Dutt und eine Brille aus den 60ern. Ihre Augenlider waren blau angemalt und ihr Mund etwas zu rot. Die restliche Haut war eher blass. Ihre Brille hing an bunten Bändern und schaukelte weit über ihren grossen Busen. Obenherum war sie unvorteilhaft gekleidet. Sie trug eine Wolljacke im Patchwork-Muster, was sie nicht gerade schmäler machte. Ihr war wohl etwas warm, denn ihre Jacke war offen und oft stiess sie einen Atemzug hervor, der nicht besonders gut roch. Es roch, nein stank nach Knoblauch, und ich hielt bei jedem ihrer Seufzer geschwind den Atem an und wagte erst bei aufkommender Atemnot wieder Luft zu holen. Was sie untenherum trug, konnte ich nicht erkennen; denn ich stand so nahe, dass ich ihren Leberfleck neben der Nase betrachten und die herauswachsenden Haare zählen konnte. Vielleicht war sie früher ja mal eine Hexe. Es war wirklich ein grosser Leberfleck. Eigentlich sah er aus wie eine Warze. Eine dunkle Warze mit Haaren. Also nicht so schön anzusehen. Der Bus bremste stark, und ich fiel der Frau in den Ausschnitt. Endstation. Wie kleine Entlein, in ganz kleinen Schritten, tappten wir alle

Richtung Tür durch den Bus. Die Frau mit dem Zwillingskinderwagen blockierte zwar einen Moment den Ausgang, weil – nun, es hatte wohl keiner Zeit, ihr zu helfen, vielleicht auch keine Kraft, vielleicht waren auch alle zu verletzt, um ihr zu helfen. Wie auch immer. Der Busfahrer kam dann herbeigeeilt und war der jungen Frau behilflich. Endlich durfte auch ich raus. Ach, frische, reine Luft, wie schön, dachte ich und freute mich, den Bus endlich verlassen zu können und im Freien zu sein. Auch wenn es Winter war.

A-a-a, kotki dwa

Ja, Magdalena brachte frischen Wind ins Haus. Seit sie in unser fast ausgestorbenes Haus gekommen war, roch es nach frischer Wäsche und nach Blumen, es roch nach Leben und nach Äpfeln, vielleicht auch etwas nach Zimt und Nelken. Sie verbreitete gute Laune. Ja, ich mochte sie. Man musste sie mögen. Ab und an tranken wir einen Kaffee zusammen, meistens, wenn Frau Kramer ihr Mittagsschläfchen hielt. Magdalena wirkte immer so sorglos, so natürlich. Sie trug keinerlei Make-up, und trotzdem sah ihre Haut so rein aus. Vielleicht aber auch gerade deswegen. Magdalena backte gern. Eigentlich machte sie alles gern, hatte ich das Gefühl. Ständig präsentierte sie leckere süsse Kleinigkeiten zum Kaffee, bei welchen ich mich nicht zurückhalten konnte. Dabei sprangen mich die kleinen Kalorienmonster geradezu an und blieben an mir haften. Und wie sie lachen konnte, die Magdalena, einfach herzerfrischend. Ich musste mich heute Morgen beeilen, also, ich muss mich nicht nur heute beeilen, eigentlich musste ich mich jeden Morgen beeilen. Vielleicht sollte ich meinen Wecker doch fünf Minuten früher stellen. Also nochmals, weil … ich hatte das ja schon vor zwei Jahren gemacht. Seitdem gingen meine Uhren alle fünf Minuten vor. Aber scheinbar reichte das nicht. Meine Mutter nannte mich schon als Kind eine Trödeltante. So gemein. Dabei war ich eben nur ein wenig verträumt und habe noch dies und jenes gesehen. Und musste da noch mal schauen und dort meine Fingerchen dranhalten und da mal reinschauen und … Isolde! So, also los jetzt, Kittel in den Rucksack, Jacke vom Haken, nach dem Schal geangelt und los! Eingehüllt sauste ich die Treppe hinunter. Kühle schlug mir entgegen. Da hörte ich Magdalenas Stimme. Sie wird doch nicht schon am frühen Morgen … Neugierig schaute ich vors Haus. Doch! Sie wird! Frau Kramer, eingehüllt in eine Decke, und Magdalena sassen vor dem Haus. Die Morgensonne schob gerade die Nachtwolken zur Seite und blinzelte uns an. Unter dem Vordach sassen die beiden Frauen, Frau Kramer rührte in ihrer Tasse und Magdalena hatte die Augen geschlossen. Sie summte. Sie summte ein Lied. Ein Lied, welches ich schon oft gehört hatte, seit Magdalena im Haus war. Es hiess «A-a-a, kotki dwa» und ist ein Schlaflied für Kinder. Auch Frau Kramer mochte dieses Lied sehr. «Guten Morgen», flüsterte ich den beiden zu. «Guten Morgen auch, Frau Isolde», flüsterte Magdalena zurück. «Hää?» rief Frau Kramer. «Einen schönen Morgen wünsche ich!», schrie ich Frau Kramer an. «Kenne ich Sie?», rief sie zurück. Ja, alles beim Alten. Ich winkte nur und Magdalena summte. Es war schön, nicht alleine zu sein, gerade im Alter, dachte ich und machte mich auf den Weg zur Bushaltestelle. Ich traf dort wieder die gleichen Gesichter. Nickte und murmelte mein «Morgen». Wir warteten. Der Bus brachte uns zur Endstation und spuckte uns dort wieder aus. Ich war in Gedanken. Den

Weg ins Heim kannte ich zur Genüge, ich lief ihn seit zwei Jahren. Ich kannte den Weg wohl besser als der eine oder andere Bewohner. Seit zwei Jahren war ich in der Küche des Pflegeheimes angestellt. Ich mochte diese Aufgabe, ich kochte gern und gut und durfte auch beim Speiseplan mitreden. Es war nur ein kleines Heim, in Privatbesitz, mit durchaus anspruchsvollem Essen (meist für Besucher und Gäste), aber auch mit Diät-, angepasster und leichter Küche. Ich hing meinen Gedanken nach. Ich hatte da so eine Idee. Diese reifte dann auch ganz schnell. Im Heim angekommen, zog ich mir rasch den Kittel über und lief in Richtung Küche. An der Glastüre vor der Küche klopfte ich an. Ich steckte den Kopf durch den offenen Türspalt und sagte: «Du, Mario, ich habe eine Idee für den Wochenplan.» Mario hob seinen Kopf. Neugierig wanderten seine Augen über mein Gesicht. «Guten Morgen, Isolde, schiess los, ich bin gespannt.» «Wir könnten doch mal einen polnischen Abend machen. Mit polnischer Musik und polnischen Gerichten. Du weisst schon … Bigos, Klösse, Makowiec und so.» Nein, Mario wusste nicht. «Polnisch?» Er war erstaunt und überlegte einen kurzen Augenblick. «Kannst du denn polnisch kochen?» Nein, ich nicht … aber ich wusste schon wer. «Ja!», sagte ich spontan, lief lächelnd zu meinen Töpfen und summte «A-a-a, kotki dwa».

Schene Probläme

Am nächsten Abend klingelte es. Magdalena! Lächelnd wie immer. Mit einer Flasche Wein in der Hand. «Frau Isolde, haben Sie Lust … ein klinzekleines Gläschen?» Sie kicherte. Sie hatte wohl schon einige klitzekleine Gläschen intus. Natürlich bat ich die schöne Polin herein und bot ihr Platz auf dem Sofa an. «Bin so allein», sagte sie, als ob sie sich für die Störung entschuldigen wollte. Dabei musste sie das nicht. Ich war ja auch allein. Und hatte nicht einmal Wein zu Hause. «Wo ist Frau Kramer?», erkundigte ich mich. «Bei Tochter.» «Bei Tochter?», fragte ich langsam. «Bei welcher Tochter?» «Nu, Frau Kramer Tochter, Sophia», antwortete Magdalena staunend. Nein, ich wusste nicht, dass Frau Kramer eine Tochter hat. «Wo wohnt Frau Kramers Tochter denn?» Ich wurde neugierig. Wohne ich nun schon seit acht Jahren hier im Haus als Übermieterin von Frau Kramer und wusste eigentlich kaum etwas von ihr. Also, Frau Kramers Tochter Sophia wohnt zusammen mit ihrem Mann in der Vorstadt, wohl in einem tollen, grossen, schönen Haus mit viel so «Schene», wie Magdalena schwärmerisch erzählte. Kinder: keine, Haushälterinnen: zwei, Hunde: zwei, Autos: drei. Ja, Magdalena wusste alles. «Immer viel so Schene, die Frau Kramer Tochter.» Und sie strich sich dabei mit ihren Händen über ihr Gesicht. «Aber viele stolz und viele Arbeit. Ist eine Frau Doktor, die Frau Kramer Tochter. Nu.» Aha.

Da erfahre ich ja wieder Dinge, dachte ich. Aber ja, ich hatte mich ja eigentlich nie so über Frau Kramers Leben informiert und keinen nach Frau Kramer gefragt. «Und so schene Mann», flüsterte Magdalena. Ihr Blick ruhte auf ihren Schuhspitzen, und verstohlen wischte sie sich eine Träne aus dem Augenwinkel. Gesehen hatte ich das aber trotzdem. «Ja nu, ist nicht immer lustig Leben», seufzte sie. «Manchmal viele Schmerzen in meine Brust. Vielleicht ist besser, ich gehe in meine Haus zurück, nach Polen.» Sie goss sich ein weiteres Glas vom roten Wein ein und lehnte sich zurück. In ihrem Gesicht setzte sich ein sanftes Lächeln fest. Sie schien über etwas «Schenes» – äh, pardon, über etwas Schönes – nachzudenken. Sie schlug ihre Beine übereinander und leckte sich die Lippen. Dann kicherte sie und sagte: «Ja, schene Männer grosse Probläme.» Bevor ich nach dem schönen Mann fragen konnte, klingelte es an meiner Tür. Nanu …?! So spät? Ich erwartete niemanden. Trotzdem öffnete ich die Tür. Nach ein paar Sekunden kam ich ins Wohnzimmer, lehnte mich an den Türrahmen und schaute zur Polin. «Magdalena, dein schenes Probläm ist da.»

Hund oder Katze?

Heute war ein guter Tag. In der Küche lief es super, zudem hatten wir einen neuen Koch bekommen, Daniel, mit dem war ich sofort auf gleicher Wellenlänge. Wir arbeiteten Hand in Hand, als hätten wir noch nie etwas anderes getan. Daniels fröhliche Augen zwinkerten mir einige Male zu. Er schien mich zu mögen. Und ja, mir gefiel er auch. Sehr. So hüpfte ich heute fast von der Bushaltestelle auf daheim zu. Meine Füsse hüpften, mein Herz hüpfte, mein Busen hüpfte. Und die Augen mancher Männer, die mir entgegenkamen, hüpften mit. Ich fuhr mit der Hand über die Büsche und Sträucher am Wegesrand. Die Sonne kitzelte meine Nase. Ich summte: «A-a-a, kotki dwa.» Eine kleine schwarze Katze mit weissen Ohren huschte an mir vorbei in einen Busch. Ich hockte mich hin und rief nach ihr: «Miez, Miez, Miez.» Ich wackelte an den Ästen des Busches. «Miez, Miez, Miez, komm.» Ich hatte Katzen gern. Sie sind so geschmeidig und elegant, so eigensinnig und so verschmust. «Komm, kleines Miezchen, ich will dich streicheln.» Eine Mieze kam nicht, dafür ein älterer Mann. Den wollte ich aber nicht streicheln. Darum beachtete ich ihn auch nicht. Trotzdem stellte er sich neben mich und blickte eine Weile über die Hecke. Und ich blieb still neben ihm hocken. Dann sagte er: «Junges Fräulein, da ist keine Katze.» «Doch, eine schwarze, ich habe sie gesehen.» «Junges Fräulein, das ist ein Hund.»

Innerlich gluckste ich vor Lachen. Ich werde doch wohl eine Katze von einem Hund unterscheiden können, dachte ich. Ich stand auf und schaute über die Hecke. Da, tatsächlich! Ich sah einen schwarzen Dackel an einer Leine. Am anderen Ende der Leine stand eine hochhackige, stark geschminkte Dame, etwas schräg (was wohl an den hochhackigen Schuhen und dem ziehenden Dackel liegen musste), und redete mit der Postbotin. Diese schaute öfters verstohlen und umständlich auf ihre Armbanduhr und hielt einen dicken Stapel Zeitungen und Briefe bis unters Kinn in den Armen. Mit dem Kinn beschwerte sie den Papierstapel, welcher sich zu beiden Seiten selbständig machen wollte. «Tja, heutzutage sieht aber auch alles gleich aus», sagte ich und eilte weiter.Da sah ich sie wieder, die kleine schwarze Katze. Sie lief hinter den Büschen an der Häuserfront, blieb ab und zu stehen, um sich wichtige Körperteile zu putzen. Dann überholte sie mich in einem Galopp und verschwand. «Tschüss, Charly!», rief ich hinterher. Ja, Charly, so hiess unsere Katze, als ich noch ein Kind war. Charly war ein graues Tigerchen und lag immer auf dem Tisch. Meine Mutter mochte dies überhaupt nicht. Aber der Tisch stand am Fenster und Charly wollte eben aus dem Fenster schauen. Und Fensterbänke hatten wir keine. Irgendwann verstellte meine Mutter den Tisch und Charly verschwand. Ich konnte bereits unser Hinterhofhaus sehen und auch meine Nachbarin. Sie sass vor dem Haus und rührte in einer Tasse. Wahrscheinlich war sie leer, die

Tasse. «Guten Tag, Frau Kramer!», rief ich fröhlich von Weitem. Frau Kramer winkte mir zurück. Ich setzte mich zu ihr. «Ach, ist das nicht herrlich heute?» Frau Kramer nickte. «Es ist schon richtig warm», sagte ich und streckte mich. Frau Kramer nickte. «Die Maiblumen blühen schon.» Frau Kramer nickte. «Ich freue mich, wenn der Sommer kommt.» Frau Kramer nickte. «Sie auch, Frau Kramer?» Frau Kramer schaute mich an und legte den Finger hinters Ohr. «Hää?» Ich lächelte. Frau Kramer lebte in ihrer eigenen friedlichen Welt, dachte ich. Ich schaute sie von der Seite an. Ihre Haut war alt und faltig, irgendwie auch wie Leder und braun von der Sonne. Gar nicht so blass wie die Alten bei mir im Pflegeheim. «Eine kleine Katze habe ich gesehen. Der gefiel es auch in der Sonne. Mögen Sie Katzen, Frau Kramer?» Frau Kramer legte ihre Hand auf meinen Arm und fragte: «Haben Sie Herbert gesehen?» «Nein, Frau Kramer. Herbert habe ich nicht gesehen», sagte ich und hielt ihre Hand fest. Frau Kramer nickte.

Ich bin gar keine Trödeltante!

Heute wollte ich pünktlich sein. Der Wecker war es schon und schellte ohrenbetäubend. Ich hatte einen aus dem letzten Jahrhundert und ja, richtig, ich finde, der hat Stil. Mein Wecker stand auf dem Fensterbrett, weit weg von meiner Schlafkoje. Ich musste aufstehen, sonst schrillte das Teil, bis ihm der Atem ausging und er ermattet von der Fensterbank purzelte. Zudem konnte ich dann gleich einen Blick aus dem Fenster werfen und schauen, ob die Sonne für mich schien. Ich hätte den Wecker auch auf die Kommode stellen können, vor den Spiegel, aber den morgendlichen Blick in den Spiegel wollte ich mir ersparen. Ich dachte, der Wecker machte sich gut auf der Fensterbank. Auch wenn meine Mutter das absolut nicht verstehen konnte. Dort gehörte doch kein Wecker hin! Der gehörte neben das Bett auf das Nachtschränkchen. Doch schon da begann mein Problem. Ein Nachtschränkchen hatte ich nicht und auch kein richtiges Bett, wie meine Mutter ständig feststellte. Aber ich schlief sehr gut auf meiner grossen Matratze. Die lag auf dem Boden. Darüber hatte ich ein grosses Himmelbett. Ich schlief wunderbar in meinem nicht richtigen Bett, gerade wie eine Prinzessin. Basta. Von Basta zu Basti – der feierte heute seine Hochzeit mit Angie. Da wollte ich natürlich auf keinen, aber auch auf gar keinen Fall zu spät kommen. Ich bin nämlich gar keine Trödeltante! So, und nun raus aus dem Bett. Der Wecker hatte sich bereits atemlos verabschiedet und zuckte in den letzten Zügen auf dem Boden unter der Fensterbank. Nur zaghaft gab er ein letztes wimmerndes «Ring» von sich. Ich hüpfte unter die Dusche. Das morgendliche Duschen war eigentlich nicht so mein Ding, doch für Basti tue ich auch das. Mein kleiner Bruder heiratete. Wow! Dabei ist er zehn Jahre jünger als ich, quasi noch ein kleines Bübchen. Kam er nicht gerade erst aus der Schule? Wie die Zeit vergeht … Ja, die Zeit vergeht, dies dachte ich immer auch, wenn ich auf die Uhr sah. Die Zeiger hüpften einfach so voran, ohne Rücksicht, hatte ich das Gefühl. Ich schlüpfte in den Bademantel, steckte die Haare hoch und schlurfte ins Schlafzimmer. Mein rotes Prachtkleid hing wartend am Türrahmen. Ich zog es an. Es passte immer noch! Über Nacht hatte ich also nicht zuggenommen. Jedenfalls nicht so viel, dass es auffallen oder das Kleid mir nicht mehr passen würde. Ich drehte mich im Kreis vor dem grossen Spiegel und schaukelte mich selbst. Toll! Nun ab ins Badezimmer. Irgendwas musste ich mit meinen Haaren anstellen. Hände hoch, auf den Kopf und los ging's. Ich zog, schob, klemmte, drückte und zwirbelte. Meine Hände verkrampften und meine Arme schliefen ein. Meinen Haarsalat aber konnte ich nicht bändigen. Alles sah irgendwie nach Krautsalat aus. Ich liess meine Arme nach unten hängen und hüpfte auf und ab, damit das Blut wieder schneller meine Arme und Hände durchblutete. Meine Stirn lag in tiefen Falten. Also – so konnte ich ja nun wirklich nicht unter die Leute und schon gar nicht an eine Hochzeit gehen! Nun klingelte es auch noch! «Bin nicht da!», rief ich aus dem Fenster. Doch es klopfte bereits an der Wohnungstür. «Frau Isolde, ich bin's, Magdalena.» Das passte mir zwar jetzt so gar nicht, aber natürlich öffnete ich Magdalena die Tür. Da stand ein trauriges und verheultes Etwas. Dieses Etwas sprang mir sofort an den Hals und warf die gerade erst mühevoll eingesetzten Haarklammern aus meinem Haar. Meine goldigen Schmuckteile am Kragen klimperten leise und ich roch einen alkoholhaltigen Atem. «Was ist denn passiert?», fragte ich erschrocken. «Nu eben, gar nix passiert.» «Ach, Magdalena, ich habe eigentlich gar keine Zeit. Mein Bruder, weisst du, er heiratet heute.» Magdalena begann laut zu schluchzen. «Also, er hat ein grosses Fest.» Magdalena jaulte auf. «Es kommen viele Gäste.» Laut schreiend warf sich Magdalena auf mein Sofa. Ach, die Arme. Sicher geht es um ihr «schenes Probläm». Ich setzte mich zu ihr und streichelte ihr den Kopf. Ihr Körper bebte. Und neue Weinkrämpfe überkamen sie. «Magdalena, pass auf. Du kommst mit in mein Badezimmer und erzählst mir, was los ist. Ich muss mich dringend zurechtmachen. Sonst komme ich zu spät.» Sie setzte sich auf und ich schaute ihr in die Augen. «Ist das in Ordnung für dich?» Sie nickte stumm. Sie folgte mir schlurfend ins Bad und stellte sich hinter mich. Ich begann meine Arbeit als Haarbändigerin von Neuem. Magdalena fasste meine Hände und nahm sie herunter. Sie begann gekonnt und in aller Ruhe, meine Haare zu streicheln, zu glätten, zu drehen und festzustecken, zu flechten und zu binden und zu erzählen. Ab und zu rollte ihr eine Träne über die Wange und tropfte auf mein Haar. «Viel Entschuldigung», schniffte Magdalena dann. Ja, wieder mal eine der Liebesgeschichten, der romantischen Fernsehfilme in der Realität. Arme Polin verliebt sich in verheirateten Reichen, Reicher verspricht wahre Liebe und ewige Treue und hält sie hin. Ich atmete tief ein. Offensichtlich war Magdalena bis über beide Ohren verliebt, wenngleich auch unglücklich. Und zwar in den Mann von Sophia, der Tochter von Frau Kramer. Pascal, so hiess der Gute, hatte schon mehr als ein Schäferstündchen mit Magdalena verbracht und sie um den Verstand gebracht. Mit Männern war ich ja nicht so bewandert, hatte keine Ahnung, was die grosse Liebe ist. Offensichtlich nichts Erfreuliches, wenn ich mir so Magdalena anschaute. Dafür war mein Spiegelbild umso erfreulicher. Ich sah zauberhaft aus. Wie eine Fee. Nun fiel ich Magdalena um den Hals und gab ihr einen dicken Kuss auf die Wange. «Danke, liebe Magdalena. Du hast mich gerettet! Danke vielmals! Du kannst hierbleiben, wenn du willst, auf dem Sofa schlafen.» Ich brachte mein grosses Zweitkissen aus dem Schlafzimmer, tupfte ihr mit einem Papier die Augen trocken und holte die Decke. Magdalena hatte sich bereits wie eine Katze auf dem Sofa zusammengerollt und summte vor sich hin: «A-a-a, kotki dwa.» Ich lächelte und deckte sie sanft zu. Dann verschwand ich im Badezimmer und schwang den Pinsel. Heute durfte es ein wenig mehr sein. Mehr von dem bläulichen Lidschatten, etwas mehr Rouge, und heute nehme ich das satte Rot für meine Lippen. Das tiefe, dunkle, verführerische Rot. Klar, ich muss doch vorbereitet sein, man weiss ja nie. Ich blinzelte dem Spiegelbild zu und schaute nach Magdalena. Die schlief bereits tief und fest. Einige kleine Seufzer entglitten ihr, aber sie wachte auch nicht auf, als das Telefon schellte. Mutter war dran. «Hallo, Isolde. Ich wollte dich nur noch einmal daran erinnern, dass Basti heute heiratet. Die Trauung beginnt um 10.00 Uhr. Schaffst du das? Ich weiss ja, dass du die Zeit nicht so im Griff hast ...» Wie bitte? «Mutter!» Ich war sauer. «Ich habe die Zeit sehr wohl im Griff. (Das war natürlich übertrieben. Die Zeit hatte eher mich im Griff als ich sie.) Und wenn du mich jetzt noch aufhältst, dann komme ich sicher zu spät!», maulte ich. «Ich bin in Windeseile da!», rief ich in den Hörer und legte auf. Immer diese Nörgeleien. Ich hätte das Telefon gar nicht abnehmen sollen. Was habe ich denn hier nicht im Griff? Ich bin fertig angezogen und gestylt, ich habe Magdalena in den Schlaf gewogen, eigentlich konnte ich los. Jawoll! Also, nur noch Schuhe brauchte ich ... murmelte ich vor mich hin, unterdrückte den Blick auf die Uhr und sauste in den Flur zum Schuhregal. Leider waren dort nicht mehr Schuhe drin als vorher und auch keine anderen als vorher. Die schwarzen Ballerinas waren einfach zu flach, der Saum des Kleides schlurfte so am Boden entlang, nein, das ging nicht! Ein Grossteil meiner Schuhe bestand aus Latschen und Schlappen. Ein weiterer Teil aus Stoff- und Sportschuhen. Ja, ich wollte ja schliesslich vorbereitet sein, wenn ich demnächst oder irgendwann halt mal im Fitnessstudio vorbeischaute. Oder das Studio bei mir. Oder wie auch immer. Also, zurück zu meinem Schuhportal. Die einzigen hohen Schuhe waren solche in Türkis und welche mit Gummibändern. Die türkisen waren türkis – passten nicht zum roten Kleid – und die mit den Gummibändern hatten einen so engen Gummi, dass sie mir die Durchblutung meiner Füsse abschnürten. Wahrscheinlich würden meine Füsse absterben, wenn ich diese Schuhe lange tragen müsste. Und meine Füsse wollte ich doch behalten. Planlos lief ich auf und ab, schaute auf Magdalena, vielleicht wusste sie Rat. Nein, die kannst du doch jetzt nicht fragen, dachte ich, Mensch, die hat ganz andere Sorgen! Vor dem Sofa blieb ich stehen. Die Arme, dachte ich. So zerbrechlich ist sie. Weg ist ihr Lachen. Dieser Schuft. Ich seufzte tief. Mir würde so etwas nie passieren! Ich würde mich eh nie verlieben, denn dazu bräuchte ich ja auch erst einmal einen Mann! Mein Blick fiel auf die Schuhe vor dem Sofa. Magdalenas Schuhe. Riemchenschuhe. Sie hatten silberne Sternchen auf dem Absatz und ein samtiges rotes Band eingeflochten. Meine Güte. So klasse Teile. Die wären ja perfekt! Leise hob ich einen Schuh auf und spähte auf die Grösse. 38! Okay, eine Nummer zu klein

… aber vielleicht … Also, sie passten eigentlich, hatte ich das Gefühl. Ich darf sie mir sicher ausleihen. «Danke», flüsterte ich und tippelte auf Zehenspitzen zur Tür. Kaum hatte ich die Tür hinter mir zugezogen, ging mein Wecker ab. Mist! Den hatte ich vergessen. Mein «Jetzt-musst-du-aber-ganz-dringend-los»-Wecker. Der stand in der Küche und gab sich wahrlich Mühe, laut und nervig zu schrillen. Egal, ich musste los. Die Trödeltante war pünktlich und das war alles, was zählte.

... und es kam

Pünktlich war auch das Taxi. Ein Südländer hielt mir die Wagentüre auf. Auf der weichen Lederrückbank versank ich bequem, die kleine schwarze Handtasche stellte ich auf den Boden. Meine Mutter würde vorn sitzen, neben dem Fahrer, doch ich zog die Rückbank vor. Wieso sollte ich mich freiwillig neben einen wildfremden Mann setzen, den ich nicht kannte? Der Chauffeur erzählte die ganze Fahrt über irgendetwas ... und ja, ich wusste schlussendlich gar nicht, worüber er eigentlich redete. Ich hörte nur mit einem halben Ohr zu. Ich glaubte mich zu erinnern, dass es um seinen Bruder ging, der eine Frau suchte. Wollte er mich verkuppeln? Er redete unentwegt, und ich liess ihn reden. Ich schaute aus dem Fenster und hing meinen Gedanken nach. An mir zogen bekannte Strassen und Häuser vorbei. Der Metzger Greiner, der kleine Blumenladen, in welchem ich schon Ewigkeiten nicht mehr war, der Kiosk mit der netten alten Frau, die immer ein gutes Wort hatte, der Secondhandladen von Rainer und Susi ... Und ich sah ... was?? Ich rief laut: «Stopp!» Der Taxifahrer warf mir einen beleidigten Blick durch den Rückspiegel zu und beendete seinen Redeschwall. Er fuhr schweigend weiter. «Nein, stopp, anhalten!», rief ich. «Hier?», fragte der Taxifahrer verdutzt, aber das Rathaus befände sich noch mindestens 15 Minuten entfernt. Nun, das wusste ich ja auch, aber genau hier wollte ich nun mal raus. Meine Augen hatten Rainer entdeckt, auf den ich jetzt zulief, und der sah gar nicht glücklich aus. Also, ich denke im Nachhinein, ich schwebte wohl eher wie ein Engel in meinem roten Prachtkleid über die Strasse. Rainer stand am hinteren Teil seines Autos und hielt das Ende einer Truhe in den Händen. Die Truhe hatte er bereits ein Stück aus dem Auto gezogen. So stand er da, starr und steif. Leicht gebückt, mit zerknittertem Gesicht. Als er mich sah, hellte sich seine Miene ein klein wenig auf. «Ohhhh … das ist ja mein Kleid! Sie sehen umwerfend aus!» «Danke!», antwortete ich. «Aber Sie nicht! Was machen Sie denn da?» Rainer schaute mich erknirscht an. «Ich glaube, ich habe einen Hexenschuss», flüsterte er und schaute sich um. «Hexenschuss?», rief ich erschrocken. «Ja … ich kann mich nicht bewegen», flüsterte er wieder. Ich schaute mich um. Besonders viele Menschen waren noch nicht unterwegs. Also kein Grund, um zu flüstern. «Und jetzt wollen Sie da so stehen bleiben?», fragte ich flüsternd zurück. Die Truhe müsse in den Laden. Loslassen könne er das gute alte Stück nicht, sonst falle sie auf den Boden und nehme Schaden. Zurück ins Auto schieben könne er sie auch nicht, klärte Rainer mich auf. Es war eigentlich ein herrliches Bild. «Ich helfe Ihnen.» Wir wollten das Teil zurück ins Auto schieben. So kletterte ich ins Auto und begann, an dem einen Ende der Truhe zu ziehen. Rainer versuchte zu schieben, aber die Truhe bewegte sich nur wenige Millimeter. Also kletterte ich aus dem Auto heraus und wollte zu Rainer springen und ihm beim Schieben helfen. Mein Kleid blieb unter der Truhe hängen, ich raffte den Stoff zusammen und zog. Und ich zog nochmals etwas fester. Ach, jetzt komm schon, mein Prachtkleid. Es machte «Ratsch» und es kam.

Aufgeschlitzt

Ich schaute an mir hinunter. Das Prachtkleid hatte einen Prachtriss, also eigentlich war das kein Riss, es war ein Triangel. Am Saumende. Ich war so geschockt, dass ich nicht einmal mit dem Fuss aufstampfte. Ich überlegte. Was war jetzt zu tun? Nur nicht aufregen, redete ich mir zu – das bringt schon mal gar nichts. Schliesslich gab es ja ein paar Lösungen. Also zwei, um genauer zu sein. Ich könnte a) den Riss zunähen oder b) ein neues Kleid kaufen. Rainer stand da wie ein geplätteter Hund. «Es tut mir so unendlich leid!» Ich fragte Rainer nach Nähzeug. Ja, dies habe er, im Laden. Gut! Ich freute mich und begann in Gedanken zu nähen. Das sollte flott gehen. Hatte ich eben eine Naht im Kleid. Ich könnte ja dann meine Tasche über die Naht heben. Musste ich eben etwas gebückt laufen. Wenigstens waren meine Schuhe noch ganz. Also Magdalenas Schuhe. Die zog ich ab, damit sie auch ganz blieben. Und barfuss war ich mir da sicherer als auf hohen Absätzen. Ich musste Rainer stützen und ihm auf dem Weg in den Laden helfen. Wir kamen im Schneckentempo voran, die wenigen Schritte vom Parkplatz bis zum Laden brauchten viel Zeit. Auf der letzten Stufe machte es nochmals «Ratsch». Dieses Geräusch kannte ich schon. Ich schaute nach unten. Rainer stand hinter mir auf der letzten Stufe, und er stand mit einem Fuss auf meinem Kleid. Ich schaute nach oben in Rainers Gesicht. Er lächelte gequält.

«Tschuldigung.» Nun musste ich doch einen Schrei loswerden. Nach Begutachtung des Schadens konnte ich die Idee mit dem Nähen begraben. Ich wurde nervös. «Was soll ich denn jetzt machen?», fragte ich zeternd. «So kann ich doch unmöglich zur Hochzeit meines Bruders gehen!» Rainer sass, nein, er hing irgendwie in einem Bürostuhl, aus welchem er Purzel, die grau getigerte Katze, verscheuchte. «Ich habe noch zwei Kleider in Ihrer Grösse», sagte Rainer und zeigte auf den Ständer neben der Ofenbank, auf welcher Purzel nun lag. «Die könnten Ihnen passen.» Könnten Ihnen passen? Was hiess denn hier «könnten»? Die Idee war gut – die Kleider MUSSTEN mir passen! Ich stolperte zu den bunten Stoffen und sortierte. Zu klein, zu klein, zu gross, zu kurz, zu winzig, zu gross – was ist das? Das konnte man doch nicht tragen! Schnell schob ich den grünen Fummel weiter. Ich suchte nach einem neuen Prachtkleid. Jedoch wurde mir schnell bewusst, dass ich hier kein neues Prachtkleid finden würde. Das Einzige, was ich in meiner Grösse fand, war ein orangefarbenes Kleid mit einem schwarzen Netzeinsatz über der Brust und ein schwarz-weiss kariertes Kleid mit grossem schwarzem Kragen. Das orangefarbene Kleid fiel schon durch, weil mein ockerfarbener BH unter dem schwarzen Netz nicht gerade so prächtig aussehen würde. Das Karokleid probierte ich an. Rainer hüstelte verlegen, als ich mich präsentierte, und ja, der Spiegel zeigte mir das Unheil. Ich sah aus wie ein Schachbrett! Vielleicht fände ich ja

noch eine Halskette mit Figuren! Es war wirklich grau-
envoll. Okay, die Schuhe hätten gepasst, wenigstens.
Das geht gar nicht! Ich schaute Rainer an, schüttelte den
Kopf und zog mich in die Umkleidekabine zurück. «Wo
ist eigentlich Susi?», rief ich ihm zu. «Sie hat mich verlassen.» Mein Kopf steckte gerade mitten im Kleid. Ich
streifte es halb zurück und steckte meinen Kopf aus der
Umkleidekabine. «Wie, verlassen?» Rainer sass mit hän-
gendem Kopf und murmelte: «Na, verlassen eben. Einfach so.» Ich verstand die Welt nicht mehr. Da begann
eine Liebe und dort endete eine. Da will einer lieben und
darf nicht. Da liebte einer und der andere will nicht.
Meine Güte, konnte man sich denn da nicht mal einigen? Ich stülpte das Karokleid über den Kopf und zog
es auf den Bügel. In meinem Kopf tickte es. Zu spät, zu
spät. Tick-tack, tick-tack. Mir wurde schlecht. Ich ver-
passe die Hochzeit meines Bruders. Tja, selber schuld,
schimpfte ich mit mir. Hättest ja nicht anhalten müssen.
Ich hüpfte in Unterwäsche an Rainer vorbei. Das war
mir jetzt egal, ich musste etwas zum Anziehen finden,
und zwar sofort! Ich schob die Bügel nochmals von
links nach rechts. Das Kleid, welches mir zu gross sein
müsste, war noch eine Option. Doch als ich es anhatte,
war es keine Option mehr. «Herr Zwinglein, ich brauche
etwas zum Anziehen. Helfen Sie mir. Ich bin schon spät
dran. Bitte!», flehte ich Rainer an. Rainer überlegte. Seine
Miene hellte sich auf. «Wir können den Riss rausschneiden.» «Wie, rausschneiden?» «Ich mach das. Stellen Sie

sich hier auf das Tischlein. Ich schneide Ihnen das Kleid ab. Es ist dann einfach kürzer. Was meinen Sie?» Okay, ein Versuch war es ja wert. Rainer schnippelte los und rollte auf seinem Bürostuhl um mich herum. «Fertig!», freute er sich und kniff die Augen zusammen. Ich eilte zum Spiegel, dann wurde mir schlecht. Also entweder lag es an der Aufregung oder daran, dass ich diesen Morgen nichts gegessen hatte oder daran, dass ich mein Prachtkleid so sehen musste. «Was soll das sein?», rief ich entsetzt. «Nennen Sie so etwas einen geraden Schnitt?» «Soll ich ausbessern?», fragte Rainer kleinlaut. Ne, das mach ich lieber selbst. Ich zog mein Prachtkleid aus und legte es auf den Boden. In Unterwäsche kroch ich um das Kleid herum und versuchte, den krummen Schnitt in einen geraden Abschluss zu verwandeln. Aber irgendwie wollte mir das nicht so gelingen. Ausserdem sah der Schnitt sehr unsauber aus, und kleine Fäden hingen herab. «Wir könnten so kleine Schlitze hineinschneiden, dann fällt das gar nicht so auf», schlug Rainer vor, legte seinen Kopf schief und betrachtete das Kleid. «Schlitze!», wiederholte ich tonlos. Okay, dann Schlitze. Ich stand wieder auf dem Tischlein, und Rainer rollerte erneut in seinem Bürostuhl um mich herum und schnitt mir Schlitze ins Prachtkleid. Von oben herab konnte ich ihm auf den Kopf sehen. Seine Haare waren oben schon etwas lichter, seine Ohren klein. Um seinen Hals hing ein Goldkettchen. Sein Nacken wirkte eher muskulös und war braungebrannt. Er strengte sich an, denn in seinem Nacken konnte ich kleine Schweissperlen entdecken. Seine Oberarme waren etwas zu breit, und das T-Shirt spannte sich. Wieso hatte sich Susi von ihm getrennt? Ich erinnerte mich, wie ich damals zum ersten Mal das Geschäft betrat, weil ich den Wasserkessel im Schaufenster gesehen hatte. Rainer hatte ihn mir verkauft und sorgfältig eingepackt. In zwei oder drei Papierlagen. Den Deckel hatte er extra verpackt. Und ein anderes Mal zeigte mir Rainer eine kleine Truhe. Sanft strich er mit den Fingern über die Verzierungen, und seine Augen leuchteten, als er den kleinen Schlüssel drehte, die Truhe sich öffnete und die Musik erklang. Es war nämlich eine Spieltruhe. Ich lächelte. Eigentlich doch ein netter Kerl, der Rainer. Und gut sah er auch noch aus. «Gut?», fragte Rainer und sah zu mir hinauf. «Ja ... sehr gut», hauchte ich und strahlte ihn an.

Ein laues Lüftchen

Mit quietschenden Reifen hielt ich den Wagen an. Okay, es war hier kein öffentlicher Parkplatz, es war eher ein kleines Plätzchen im Parkverbot, aber hier handelte es sich ja wohl um eine Notsituation. Mein Bruder heiratete, mein einziger Bruder, da kann ich nicht noch stundenlang einen Parkplatz suchen. Aufgehalten worden bin ich ja nun wohl schon genug. Dank Rainer musste ich nicht erst noch ein Taxi suchen oder gar bis hierher laufen. Wortlos hielt er mir nach der Kleidschlitzung seinen Autoschlüssel vor die Nase. Ich sprang barfuss aus dem Wagen und griff nach den Schuhen und der Tasche. Meine Hand tastete jedoch ins Leere. Wo zum Kuckuck ist denn jetzt meine Tasche wieder? Mein Hirn fieberte. Tasche … Tasche … Tasche … Ich schloss den Wagen und lief in Gedanken los. Tasche … Tasche … Tasche … TASCHE! Wie angewurzelt blieb ich stehen. Im Taxi! Oh Gott, meine Tasche ist im Taxi. Das Taxi mit der Quasselstrippe. Na prima! Klappte denn heute gar nichts? Wohin jetzt mit dem Autoschlüssel? Mein aufgeschlitztes Prachtkleid hatte doch keine Taschen! Ich steckte mir den Autoschlüssel in den BH. Oder sollte ich ihn lieber in den Slip stecken? Nein, Unsinn! Also liess ich den Schlüssel im BH verschwinden, rückte obenherum alles zurecht und jagte die Stufen zum Rathaus hinauf. «Hochzeit, Basti?», rief ich der Dame hinter der gläsernen Anmeldung zu. Sie aber tat, als habe sie nichts gehört. Ich stürmte zu dem Glashäuschen und hämmerte mit den Schuhen ans Glas. Sie hatte mich tatsächlich nicht gehört, täuschte nun einen Herzinfarkt vor. Als sie sich beruhigt hatte und nicht verstarb, fragte ich langsam, aber laut und deutlich: «Wo findet die Trauung von Sebastian Weisshaupt statt?» Sie hatte sich noch nicht so richtig erholt, deutete mit dem Finger nach oben und keuchte: «Im Kronensaal, 2. Stock.» Ich sprang los. «Sie sind aber etwas spät!», rief mir die nette Empfangsdame nach. Ich jagte in den zweiten Stock. Vor einer grossen Glastür blieb ich stehen und dachte: Mein Gott, welche grauenvolle Gestalt ist das denn? Barfuss, in einem bis zu den Knien aufgeschlitzten Kleid, mit wirrer Hochsteckfrisur. Ich drückte die verrückten Strähnen unter die kleinen Spängchen zurück, zog meine – pardon, Magdalenas – Schuhe über, rückte mein zerschnittenes Prachtkleid gerade und ging erhobenen Hauptes durch die Glastüre in Richtung Kronensaal. Also, ich hatte vor zu gehen ... Als ich nämlich die Türklinke zum Kronensaal hinunterdrücken wollte, bemerkte ich, dass von der anderen Seite bereits die Türe geöffnet wurde. Zuerst war nur ein Gemurmel zu hören. Dann ging die Tür von innen auf. Fix sprang ich hinter die Tür und drückte mich an die Wand. Ich versteckte mich. Warum, weiss ich auch nicht, aber in diesem Moment kam ich auf keine andere Idee. Alle Gäste verliessen den Kronensaal. Meine ganze Verwandtschaft, Tanten, Onkel, meine Mutter und Angie,

Hand in Hand mit ihrem frischgebackenen Ehemann. Als alle Gäste draussen waren, wurde die Tür verschlossen. Nun stand ich da, ertappt. Etwa sechzig Augenpaare schauten mich erschrocken an. Mir wurde ein wenig heiss. «Huhu!», rief ich fröhlich und winkte verlegen aus meiner Ecke in die Runde. Ich bin mir im Nachhinein gar nicht sicher, ob ich auch gleich von allen als Isolde Weisshaupt erkannt wurde, denn es dauerte gefühlte Minuten, bis meine Mutter ausrief: «Ach Isolde! Sagtest du nicht was von Windeseile? Das war wohl nur ein laues Lüftchen!»

Fest der Liebe und Überraschungen

Laues Lüftchen! Von wegen! Die ganze Hochzeit war ein Sturm. Eine Katastrophe. Da spielte ich mit meinem Aufzug ja nur eine Randfigur. Ich trottete der Hochzeitsgesellschaft hinterher, die sich ins Restaurant «Schützen» begab. Dort fand jeder Gast seinen Platz laut einem Namenskärtchen. Ich sass meinem Bruder und seiner Ehefrau gegenüber. Die Eltern von Angie waren ganz aufgeregt und brachten noch mehr Aufregung in die Runde. So nahm das Hochzeitstheater seinen Lauf. Angies Mutter heulte die ganze Zeit über. Mal vor Freude, mal aus Trauer. Irgendwann tropften die ersten roten Tropfen aus ihrer Nase auf ihr weisses Kleid und hinterliessen Spuren. Als sie ihr Nasenbluten beendet hatte, sah sie in ihrem Kleid aus wie ein Fliegenpilz. Die frischgebackenen Eheleute hatten ihren ersten Krach, weil Basti kein Spanferkel auf den Hochzeitstisch gebracht hatte. Dabei war Basti Vegetarier und wollte nun mal kein Schwein auf dem Tisch stehen haben. Angie glaubte, das mit dem Vegetarier sei ein Witz, und war nun vollkommen aufgelöst, dass er nie einen Wunsch erfüllte. Nie ... wohlgemerkt. «Ich will Muu essen», rief sie und stampfte mit dem Fuss. Erst ihre Mutter und das in Geschenkpapier Eingepackte von Basti beruhigten die wilde Ehefrau wieder. Ich sass sprachlos da und beobachtete das Schauspiel. Mein Onkel Kalle hatte einen

Schwächeanfall, als er unentwegt über seine eigenen idiotischen Witze lachte und sich dabei an der Suppe verschluckte. Ich sass neben ihm und musste ihn und seine schlechten Witze ertragen, über die übrigens nur er und der Thai-Papa lachten. Der Thai-Papa lachte immer und nickte mit dem Kopf. «Yes! Yes!», rief er zwischendurch und zeigte uns all seine Zähne. Ständig stiess mich Kalle bei seinen Witzerzählungen mit seinem Ellbogen in die Seite und lachte mir ins Gesicht. Und mehrmals verschüttete ich dabei Suppe auf mein Kleid. «Kannst du dir das vorstellen?», schrie er dabei immer. Kalle verschluckte sich beim Lachen, und dann fiel sein Kopf in den Suppenteller. Wir hatten ihn aus der Suppe herausgeholt und nach hinten an den Stuhl gelehnt. Erna hat ihm links und rechts zwei saftige Ohrfeigen gegeben. Paul goss Kalle eine Ladung kaltes Wasser in den Nacken. Eines von beidem oder auch beides half gut; Kalle wachte wieder auf und erzählte an diesem Nachmittag keine weiteren Witze mehr. Tante Ilse übergab dem jungen Brautpaar zwei Wellensittiche als Hochzeitsgeschenk, ein Männchen und ein Weibchen. Sie sollten gut auf die beiden aufpassen. Das Geschenk von Tante Ilse flog davon, als die Übergabe scheiterte und der Boden des goldenen, runden Käfigs polternd herabfiel und die beiden Vöglein das Weite suchten. Erst sassen sie auf der Lampe und putzten sich das Gefieder. Dabei liessen sie unappetitliche Dinge auf unseren wohlgefüllten Hochzeitstisch fallen, dann flatterten sie munter auf und ab, und unsere Hetzjagd begann. Bei dieser Jagd verlor der kleine Lukas einen Zahn, als er Boxerhündin Rasha, die sich wohl an der Jagd beteiligen wollte, nicht mehr halten konnte und er vom Stuhl fiel. Schlussendlich entflogen die Vöglein aber durch das offene Fenster, welches keiner aufgrund eines Geistesblitzes geschlossen hatte. Leider war meine Handtasche verschwunden, und ich konnte somit kein Geschenk aus der Tasche zaubern, weder weisse Tauben noch Geldscheine, nicht einmal meinen Gutschein für ein Wellness-Wochenende. Vermutlich hatte ich die Tasche im Taxi vergessen, vielleicht aber war der gesamte Inhalt bereits auf dem Schwarzmarkt zu finden. Oder der Taxifahrer löste gerade meinen Gutschein ein und suhlte sich in der Poollandschaft oder lag bäuchlings und wurde von den Haarwurzeln bis zum kleinen Zeh durchgeknetet. Oh, Isolde! Ich war ärgerlich auf mich, konnte es aber nicht ändern. Die Blicke meiner Mutter waren auch nicht gerade aufbauend. Mehrere Male schaute sie zu mir und schüttelte mundverzogen ihren Kopf. Doch darüber konnte und wollte ich mir nicht allzu lange Gedanken machen. Ablenkung fand ich im weiteren Höhepunkt des unterhaltsamen Nachmittages: Tante Martha hatte eine Reaktion auf ihre Nussallergie. Die panisch gesuchten Kügelchen in ihrer Handtasche verteilten sich schnell kullernd auf dem Boden, wurden wieder aufgelesen und Tante Martha in den Mund geworfen. Nach etwa einer Stunde sah sie wieder aus wie Tante Martha.

Besonders eindrücklich war das Hochzeitsgeschenk des Vaters von Angie. Nein, nicht er brachte etwas mit, er wollte etwas gebracht haben. Und zwar viele Scheinchen. Basti übergab ihm einen Umschlag mit Geld, welchen der Brautvater hastig öffnete und die Scheine zählte. Triumphierend hielt er das Bündel Geldscheine in die Höhe und begann ein unverständliches Lied zu singen und auf und ab zu hüpfen. Angies Mutter begann wieder zu weinen, hielt den Kopf aber bereits nach hinten und dichtete ihre Nasenlöcher vorsorglich mit orangefarbenen Servietten ab. Als Dank für das Hochzeitsgeschenk, welches der Thai-Papa von Basti bekommen hatte, brachte er einen Stapel Fotos, die er eifrig herumzeigte. «Angie, yes yes», sagte er. Er sagte es zu jedem Bild, egal was darauf zu sehen war. «Angie yes yes!», freute er sich und legte mir ein Foto mit Schweinen und Eseln vor und ein weiteres Bild mit Angie und einem kleinen Kind darauf. «Angie?», fragte ich erstaunt und zeigte auf das Kind. «Yes yes!», rief der Thai-Vater. «Angie, yes, Baby.» Baby? Ich verstand zwar nur Bahnhof, ahnte aber Schlimmes. «Baby? Angie?», fragte ich. «Yes!», und ich bekam ein Bild mit Angie und einem weiteren Kind vorgelegt. Ich war verwirrt. Hatte Angie bereits Kinder? Wusste Basti das? Ich hatte plötzlich das Gefühl, gehen zu müssen. Ich zeigte auf die Tür hinter mir und sagte: «WC? Yes yes?» Der Thai-Papa nickte und liess mich gehen. Rasch ramschte er all seine Fotos zusammen und gesellte sich zur nächsten Person, um auch ihr seine Familienbilder zu zeigen. Ich denke, hätte ich noch länger gewartet, wären es zum Schluss deutlich mehr Kinder geworden. Am besten war die Band. Diese Musiker spielten unentwegt und liessen sich durch nichts stören. Sie klimperten und geigten, was das Zeug hielt. Ich aber hatte das Gefühl, dass hier bald ein Sturm aufzog, und verabschiedete mich. Ich verliess die Hochzeit meines Bruders und trat vor die Tür. Ein laues Lüftchen begrüsste mich und fuhr mir zärtlich über mein Prachtkleid.

Ein Sturm zieht auf

Ich atmete tief ein und schloss die Augen. Nein, so ein Hochzeitsfest wollte ich definitiv nicht. Aber ich werde eh nie heiraten. So hatte ich ja schon den besten Schutz vor einem misslungenen Fest. Ich schlenderte zum Auto, welches noch brav ohne Knöllchen und ohne Kralle im Parkverbot stand. Doch die Suche nach dem Autoschlüssel erwies sich als schwierig. Ich hatte ihn doch in meinen BH gesteckt. Aber nun war der Schlüssel weg! Ich fühlte zuerst von aussen an meinem Busen, schaute dann von oben in den Kleidausschnitt, um die Lage zu überprüfen, und schob anschliessend die Hände unter den BH. Ich fühlte und suchte, aber ausser meinen warmen Brüsten fand ich nichts. Von hinten klopfte es mir auf die Schulter. Erschrocken drehte ich mich um. «Was machen Sie denn da?», fragte mich ein Polizist mit strengem Blick und richtete sein Augenmerk auf meinen Busen. Rasch zog ich meine Hände heraus und stotterte herum: «Ich ... ähhms ... also, es ist so. Ein Blatt, genau, ein kleines Blatt fiel mir direkt in den Ausschnitt. Das suche ich.» Ich zog ein unschuldiges Grinsen und sagte: «Es kitzelt mich, wissen Sie?» Auf Verständnis hoffend, erstarrte ich in dieser Miene, und in meinem Kopf summte es. «Lassen Sie mich mal schauen», bot der hilfsbereite Polizist an, und seine Miene hellte sich auf. So schob ich ihm meinen Vorbau unter die Nase, und er schaute von oben in meinen Ausschnitt. «Mh», machte er und hob den BH an. Ich spürte seine kühlen Hände an meinen warmen Brüsten und liess ihn nach dem Blatt suchen. Er suchte sehr intensiv und nahm seine Aufgabe gewissenhaft wahr. Im Augenwinkel sah ich meine Mutter. Glaubte ich. Ich kniff meine Augen schmal zusammen. Ja, eindeutig. Sie schaute herum, als ob sie etwas suchte. Als sie mich entdeckte, marschierte sie auf mich los und winkte. Ich winkte zurück. Schon von Weitem begann sie mit quäkender Stimme zu rufen: «Isolde! … huiiii huii … und auch noch huiiiii … brauchst du … huuuuuuuiii … vergessen!» Ich verstand kein Wort. Der Wind war stärker geworden und trug die Wörter nicht zu mir, sondern zerfetzte sie in der Luft. Der Atemnot nahe kam sie bei mir an. «Was macht ihr denn da?», fragte sie. «Wir suchen ein Blatt», antwortete der nette Polizist, der seine Suche richtig ernst nahm. «Vielleicht ist es in Ihr Unterhöschen gerutscht?», überbrachte er mir seine Annahme. Der Wind war schon richtig stark geworden, meine Fetzen des Kleides zappelten in alle Richtungen, und mein Haar auf dem Kopf musste aussehen wie lebendiges Sauerkraut. Ich musste mich regelregelrecht gegen den Wind stemmen, um nicht abzuheben. Meine Mutter öffnete ihre Tasche. Ah, da war ja ein Vögelchen … laut pfeifend entfloh der Tasche meiner Mutter einer der beiden Hochzeitswellensittiche. «Mutter!», rief ich laut gegen den Sturm. «Du hast ja einen Vogel!» «Ja! Ich weiss!», rief meine Mutter mit aller Kraft zurück. Sie wollte noch etwas sagen, doch der Sturm liess sie abheben. Im letzten Moment klammerte sie sich an der Uniform des Polizisten fest und hing so flatternd wie eine Fahne. Ich wog mindestens 25 Kilo mehr als meine Mutter und konnte somit nicht so schnell abheben. Die Hände des Polizisten hatten inzwischen meinen Oberkörper verlassen und tasteten sich weiter nach unten, meinem Bauch entlang. «Isolde!», rief meine Mutter. «Ich habe den Autoschlüssel. Den hast du auf dem Tisch liegen lassen.» «Danke!», schrie ich zurück und zeigte dabei meinen Daumen nach oben. «Es tut mir leid», sagte der Beamte. Ah, der Polizist war ja auch noch da. «Ich kann das Blatt nicht finden. Kitzelt es denn noch?» Da musste ich nicht überlegen. «Oh ja … und wie.» «Gut!», entschied der Polizist energisch. «Ich werde noch etwas weitersuchen.» Mit dieser Entscheidung konnte ich leben. Meine Mutter hatte sich inzwischen abgekoppelt und trieb wie eine Fledermaus über den Bäumen. Ich winkte ihr. Sie winkte zurück. Manchmal konnte sie auch nett sein, dachte ich, lächelte und schloss die Augen. Ich kicherte vor mich hin. Wie das kitzelte. So angenehm, so weich und so warm. Die Strassenbahn, die auf uns zukam, nahm ich stattdessen überhaupt nicht wahr. Erst als sie vor uns beiden anhalten musste, da wir mitten auf den Schienen standen. Sie klingelte und rasselte laut und wütend. Macht Platz, macht Platz! Sie hörte gar nicht mehr auf zu klingeln. Es war ein lautes, aufdringliches, schrilles, bekanntes Klingeln. Ich öffnete die Augen. Sonnenstrahlen tänzelten auf meinem Gesicht. Sie kitzelten meinen Mund und in meiner Nase. Auf der Fensterbank stand mein Wecker, der laut und schrill klingelte. Nein, keine Strassenbahn fuhr durch mein Zimmer. Ich zog die Decke über den Kopf und liess den Schreihals schrillend klingeln. Ich lachte leise. Wo war denn mein Polizist hin? Und Mutter? Trieb sie immer noch hoch oben in den Lüften? Es war doch gar kein Sturm gemeldet.

Isolde sieht Rot

«Entschuldigung, haben Sie das Kleid eine Nummer grösser?», fragte ich leise eine etikettensortierende Verkäuferin. Die nahm das Kleid, welches meines werden sollte, schaute fachmännisch über die Brille hinweg auf das Etikett und musterte mich dann von oben bis unten. «Also, ene Numma reicht da aba nich, junge Frau, da brauchts schon sicha zwei.» Dann hob sie das wunderschöne, mit Lochstickerei abgesetzte naturfarbene Kleid in die Höhe, schwenkte es hin und her und rief quer durch den Laden: «Uschi, kannste nachschaun, ob ma das och in 44 ham?» Uschi rief zurück, dass das Kleid nur in normalen Grössen angeboten werde. Und das hiess, dieses Kleid gibt es nur für halbe Portionen, genauer gesagt bis in Grösse 40 zu kaufen. So stand ich mit dem wunderbaren naturfarbenen Kleid in der Hand etwas verloren zwischen vielen bunten Kleidungsstücken und Kleiderständern. Eine Frau, die neben mir gestrickte Oberteile von der Stange nahm, sich diese an ihren Oberkörper hielt und sich mit schrägem Kopf, aber skeptischen Blicken im Spiegel musterte, unterbrach ihre Geschäftigkeit und schaute mich an. Sie zeigte auf das Kleid und sagte: «Das wird Ihnen aber nicht passen. Das Kleid gibt es nicht in Übergrössen.» Dann wandte sie sich wieder ihren Oberteilen zu. Ich schaute mit hasserfüllten Blicken auf ihren Rücken. Sie hatte mich gerade irgendwie sauer gemacht. Am liebsten hätte ich ihr mit meinem Blick ein Loch in den Rücken gebrannt. «Das wird Ihnen aber nicht passen», äffte ich ihr nach und bewegte meinen Kopf zackig nach links und rechts. Na, dann behaltet es eben. Ich hing das Kleid auf den Wäscheständer neben mir, zu winzigen Unterhöschen, deren Bügel grösser als die ganzen Stoffteile waren. Ich schaute mich um. Aha! Da hinten ist also meine Abteilung. Oben hing ein grosses Schild, auf welchem stand: «Für weibliche Rundungen, Grössen ab 42». Gut, schauen wir eben dort, was es da hat für meine weiblichen Rundungen. Es hatte etwas für Kühe, für Zebras, für Zirkusbedarf und für Trauernde. Aber nichts für mich. Ich beschloss, den Laden zu verlassen, und traf meine Strickoberteil anhaltende, ungewollte Gesprächspartnerin wieder. Ich zeigte auf das blutrote Stricktop, welches sie in den Händen hielt, und sagte freundlich: «Das wird Ihnen aber überhaupt nicht stehen. Rot macht Sie viel zu blass.»

Freudiges Ereignis

Am Sonntag traf ich Elena im Park. Zufällig. Sie freute sich mehr als üblich, mich zu sehen, hatte ich das Gefühl. Sie wirkte überglücklich. Sie drückte mich auch fester als sonst bei der Begrüssung. Ihre Wangen waren rot und ihr Blick klar, und ich hatte das Gefühl, sie wollte mir etwas Bestimmtes sagen. Aber sie sagte nichts. Also, sie sagte schon etwas, aber nichts Bestimmtes. Gestern traf ich sie wieder. In der Stadt. Zufällig. Sie sagte mir etwas Bestimmtes. Etwas Wichtiges. Sie tat dies förmlich, angespannt und voller Freude. Elena und Marco erwarteten ein Kind. Ihr erstes Kind. Es werde ein Junge, erzählte sie begeistert. Wie gut, dachte ich, wenigstens keine Isolde. «Im Mai wird er zur Welt kommen, stell dir vor!», freute sich Elena. Ja, ich stellte mir das vor. Eine jammernde, hechelnde, heulende, dicke, von Wehen geplagte Elena. Sie drückte mir ein Ultraschallbild in die Hand. «Und du wirst Patentante!» Sie schaute mich an, freudig, auf Antwort wartend. Ich schaute sie auch an, überrascht, auf weitere Infos wartend. Aber es kam nichts. «Na, was sagst du?» «Na ja», sagte ich. Das war immerhin ein Anfang. «Ist das alles?», wollte Elena von mir wissen. Okay, ich freute mich. Letztes Jahr wollten Elena und Marco doch eigentlich noch mindestens zehn Jahre warten auf das erste Kind. Na gut, manchmal geht es eben schneller, als man denkt. Okay, Elena bekommt ein Kind und ich auch, so quasi.

Klar freute ich mich. Aber was man denn so genau als Patentante tut oder auch nicht, darüber wollte ich mich zuerst noch informieren … vom Patentantesein hatte ich keine Ahnung. Aber ein kleines Geschenk wollte ich kaufen für das Ungeborene. Ich schlenderte durch die Stadt und betrat einen Kinderladen. Überwältigt vom grossen Sortiment und den tollen Farben tastete ich mich voran. Es gab komplett alles. Vom Fläschchendes-infiziergerät über winzige Bademäntel bis zu Kinderwagen und WC-Sitzen. Ach herrjeh, dachte ich. Wie soll ich mich denn hier für etwas entscheiden? Eine Verkäuferin stürzte auf mich zu und begrüsste mich gut gelaunt. «Darf ich etwas zeigen?», fragte sie. Klar darf sie, dachte ich. Aber nicht mir. «Nein, danke. Ich schaue mich nur um.» «Natürlich!», rief die Verkäuferin. «Das dürfen Sie gerne!» Sie drehte sich um und lief zwei Schritte bis zum nächsten Kleiderständer. «Ich bin ganz in Ihrer Nähe, wenn Sie Fragen haben.» Sie schob die Kleiderbügel von links nach rechts und wieder zurück. «Wissen Sie, ich bin immer genauso aufgeregt wie die frisch werdenden Eltern.» Sie lispelte ein wenig, hatte ich das Gefühl. «Was wird es denn?» «Ein Junge», gab ich bereitwillig Auskunft. «Ach, wie süss!», freute sich meine Kaufunterstützung. «Es ist wohl bald so weit, so, wie es aussieht?», sagte sie liebevoll und starrte lächelnd auf meinen Bauch und formte diesen recht grosszügig mit ihren Händen nach. «Ja, so ein kleines Wesen ist doch immer wieder ein Wunder …»

Ja, ich kaufe gerne ein

Heute war ich in der Stadt. Zum Einkaufen muss ich bis in die Stadt laufen, da es im Umkreis unseres Hinterhauses weder einen Bauern noch einen anderen Milchverkäufer gibt. Für zwei Liter Milch schob ich meinen Einkaufswagen gefühlte Stunden langsam im Schneckentempo durch den Laden. Das Geschäft war brechend voll. Wahrscheinlich schlossen alle Läden und machten nie wieder auf. Oder alle Vorräte gingen zur Neige, und heute war der letzte Tag zum Einkaufen. Weitere Ewigkeiten stand ich an Kasse 2 an. An Kasse 3 ging es schneller, hatte ich das Gefühl, also wechselte ich rasch von Kasse 2 zu Kasse 3. Als ich fast die Kassiererin erreicht hatte, stieg ihre Kasse aus. Sie streikte. Die Kassiererin stand auf und bat alle Einkäufer, zu den anderen Kassen zu wechseln. So stellte ich mich an Kasse 1. Die nette Dame vor mir wies mich darauf hin, dass die Kasse nach ihr geschlossen werden würde, und zeigte auf das «Bitte eine andere Kasse benutzen»-Schild hinter ihrem gesamten Einkauf auf dem Band. Gut … es gibt ja noch drei andere Kassen. Kasse 4: Die Dame an Kasse 4 war nicht umwerfend schnell, aber sie war gesprächig. An Kasse 5 erspähte ich einen Herrn als Kassierer. Der ist sicher flink. Ich wechselte zu Kasse 5. Vor mir stand ein älterer Mann mit einem Jägerhut auf dem Kopf. Er stapelte bedächtig seine Dosen und Büchsen mit Fertigprodukten auf das Band und zauberte immer weitere Artikel aus seinem Einkaufswagen. «Entschuldigung», raunte ich ihm von hinten zu. «Würden Sie mich vielleicht vorlassen? Ich habe nur zwei Milch.» Der Mann reagierte nicht. Ich wiederholte meine Frage ein klein wenig lauter. Nichts passierte. So versuchte ich es nochmals. Dicht brachte ich meinen Mund an sein Ohr und ging dabei mit seinen Bewegungen mit. Ich schrie laut: «Hallo! Entschuldigen Sie bitte …!» Es fiepte und quietschte plötzlich irgendwie in und um den alten Mann herum, und der alte Herr hielt eine Hand flach ans Ohr. Die andere Hand legte er auf seine linke Brusttasche, hinter welcher sich wohl die Brieftasche befand, vielleicht aber auch das Herz. Er drehte sich um und schaute mich böse an. Der Kassierer hörte auf, Dinge über den Scanner zu schieben, und irgendwie wurde es in unserer ganzen Reihe ruhig. Alle schienen auf irgendetwas zu warten. «Gute Frau, was erlauben Sie sich?» «Ähm … ich … also …» Ja, und nun? Ich überlegte. Vorlassen würde der alte Mann mich ja nun sicher nicht, dachte ich. «Sind Sie Jäger?», fragte ich und zeigte auf den Hut. Der alte Mann schaute mich entgeistert an. Er tippelte zwei kleine Schritte zurück. Hatte er Angst vor mir? Also seine Federn am Hut schienen bereits zu zittern. Und die grosse, schlanke Dame vor dem alten Herrn blickte über ihre schwarz umrandete Brille und schüttelte den Kopf. Sie schob den alten Mann vor sich und sagte: «Kommen Sie, ich lasse Sie vor.» Dabei legte sie ihren Arm beschützend um das alte Männlein mit dem Jägerhut. Ich verdrehte die Augen und stellte mich von einem Fuss auf den anderen. Ich schaute dem alten Herrn zu, wie er Dose für Dose auf dem Band aufbaute und Dose für Dose dann wieder in seinen Einkaufswagen verstaute. Die Dame vor mir mit der schicken dunklen Hornbrille wollte nicht so viel kaufen und hatte ihre zwei Päckchen Fleisch bereits auf das Band gelegt. Hinter mir stand eine junge Frau, die aufgeregt schnatterte. Sie schnatterte mit dem Telefon. Sie redete laut und unterhielt unsere ganze Reihe. Ursula hatte tatsächlich ein Date! Wow, die hat aber Glück, die Ursula. Und Monika hat … was hat sie? Ich stellte meinen Kopf schräg, um besser hören zu können. Ach so … die Monika! Na, so genau wollte ich plötzlich nicht mehr wissen, was die Monika hatte. Das war gar nicht so sehr appetitlich. Der kleine Junge neben ihr schob mir seinen kleinen Kindereinkaufswagen ständig in die Fersen und machte dazu «Brumm, Brumm, Brumm!» Ich blickte ihn an und schüttelte den Kopf. Er freute sich über meine Beachtung und schob seinen Wagen stärker in meine Waden. «Brumm, Brumm, Brumm.» Ich ging zwei kleine Schrittlein vor. Ganz dicht stand ich schon an meiner Vordereinkäuferin mit den zwei Fleischpäckchen. Ihre Haare kitzelten mich an der Nase, und der Pelzkragen ihrer Jacke reizte meine Nase doch allzu sehr. Ich platzte meinen Nieser mit starker stimmlicher Unterstützung

heraus und platzierte ihn im Nacken meiner Vorder-
mannin. Ich stand so dicht an ihr, dass es unmöglich
war, meine Hand vor den Mund zu halten. Klar, ich
hätte sie nach vorn stossen können – dann wäre ausrei-
chend Platz gewesen. Aber ich kann doch nicht einfach
so die Leute hin und her schubsen. Die angenieste Frau
tat so, als wäre sie mit einem Eimer Fäkalien überschüt-
tet worden. Endlich durfte ich meine zwei Milchpacks
auf das Laufband legen und hatte den Ausgang schon
vor den Augen. Die bebrillte Dame vor mir wünschte
noch vier Päckchen Zigaretten. Der tolle Automat funk-
tionierte aber irgendwie nicht, so schrie der Verkäufer in
sein Mikrofon, und seine Stimme quäkte durch die
Halle. Herbeigeeilt kam eine dünne, streng aussehende,
mit einem weissen Kittel umhangene Dame. Sie hatte
einen grossen Schlüsselbund in der Hand. Gemeinsam
mit dem eifrigen Verkäufer fummelten sie am Automa-
ten. Hinter mir machte es «Brumm, Brumm, Brumm».
Der Knirps preschte allen Ernstes ständig gegen meine
Beine. Ich drehte mich herum und sah das Kind durch
meine Augenschlitze böse an. Der Knirps feixte und
machte weiter. Ich umfasste den Einkaufswagen des
Knirpses und schob ihn zurück. «Brumm, Brumm,
Brumm», und schob ihn dreimal gegen seinen Bauch.
«So! Da hast du dein Brumm!» Ich nickte zufrieden und
drehte mich wieder um. Der Mund der Mutter blieb
sperrangelweit offen stehen, die Leute hinter der liebe-
vollen Mutter raunten, der Kassierer rief bereits zum

dritten Mal nach Geld. Ich warf ihm meine abgezählten Münzen zu, schnappte die zwei Milchpacks und freute mich über die Tür, auf welcher das Wort «Ausgang» stand. Sogar die Türflügel öffneten sich automatisch. Ach, heut ist doch ein wundervoller Tag.

So kann ja auch jeder heissen …

So schlenderte ich nun mit meiner Milch und noch zwei, drei anderen Dingen, also genauer genommen süssen Backwaren-Dingen … okay, also einem Schokoladengipfel und einem Stückchen Käsekuchen die Strasse entlang. Das Stück Käsekuchen war aber doch recht schmal, von daher entschloss ich mich, noch ein Stück Moccatorte mitzunehmen. Die kleine Moccabohne auf dem Sahnehäubchen hatte mich halt so angelacht, dass ich nicht widerstehen konnte. «Ich bin Bohni aus Brasilien. Du musst mich probieren», rief sie mir zu. Also nahm ich Bohni samt süssem Unterteil mit. Heute hatte ich Zeit. Meinen freien Nachmittag konnte ich ganz gemütlich einteilen. Leute kamen mir entgegen, wichtige Personen, mit Telefon am Ohr oder in der Hand. Manch einer hatte auch eine Frau an der Hand, und wer keine Frau hatte, nahm einen Hund. Manch einer hatte ein Kind an der Hand, eine Zeitung oder Taschen und Tüten. Leute überholten mich, die hatten wohl weniger Zeit. Mit schnellen Schritten, in quietschenden Schuhen, Röcke, die der Bewegungsfreiheit und dem Gehtempo nicht angepasst waren. Frauen mit und ohne Laufmasche, in flachen Schuhen laufend oder in hohen Schuhen staksend – keiner schien Zeit zu haben. Alle waren irgendwie in Eile, hatte ich das Gefühl. Hatte nur ich den Nachmittag frei? Es war kurz nach Mittag, Zeit, um wieder ins Büro zu eilen. Ich versuchte, mich dem Tempo nicht anzupassen, und stoppte. So blieb ich demonstrativ einfach mitten auf dem Gehweg stehen. Wie Wasser um einen Felsen mussten die Menschen um mich herum ausweichen. Ja, ich war mächtig und konnte den Menschenstrom aufhalten. Triumphierend nickte ich. Ein kleines Mädchen überholte mich, drehte sich um und streckte mir die Zunge raus. Ihr linkes Auge war mit einem grossen Pflaster zugeklebt. Ich lächelte freundlich. Oder auch mitleidig. Langsam lief ich weiter. «Isolde!», hörte ich rufen. Ich schaute dem Kind nach. Rotblondes Haar, beidseitig einen Zopf mit Gummi, die Ponyhaare nach hinten gekämmt und mit einer blauen Spange festgetackert. Die Beine steckten in weissen Strumpfhosen, und die roten Lackschühchen blendeten mich geradezu. «Isolde!», rief es hinter mir. «Bleib doch stehen.» Aber Isolde blieb nicht stehen. Geradezu erstaunt war ich. Noch eine Isolde, in Miniausgabe, mit rotblondem Haar und roten Schuhen. Ihre beiden Zöpfe wippten links und rechts auf und ab. Ich dachte an die Wiege mit dem Baby drin in roten Lackschühchen. Isolde. «Isolde!» Ich spürte heissen Atem in meinem Nacken. Ich drehte mich um. «Elena! Wo kommst du denn her?» Sie legte ihre Hand auf meine Schulter und atmete tief ein und aus. «Warum bleibst du denn nicht stehen? Ich habe dich mehrmals gerufen! Träumst du?», ächzte sie. Ich habe dich gar nicht gehört. Also doch, schon. Isolde … Klar … aber so kann ja auch jeder heissen …

Kohlsalat

Unter meiner dicken Wollmütze nahm ich nur ein dumpfes Geräusch wahr, was einem Türklopfen ähnlich sein konnte. Ich hob die Mütze über dem linken Ohr an und lauschte. Nichts! Na, dann ist ja alles gut, und ich zog die Decke wieder bis zum Kinn. Da, wieder. Dieses dumpfe Geräusch. Ich setzte mich auf, schob die Wollmütze abermals hoch und lauschte angestrengt. Absolute Stille. Ich seufzte und legte mich wieder auf mein weiches Kissen. Ich kuschelte mich in Plüschtiger Leo und schloss die Augen. Ich war sehr müde. Ich war krank. Plötzlich hörte ich dieses Klopfen wieder. Es klopfte an meiner Tür. Ganz sicher. Neee, jetzt ganz sicher nicht, flüsterte ich heiser und lag regungslos. Doch als das Klopfen immer lauter wurde und in ein wahres Hämmern überging, zwang ich mich doch aus dem Bett. Ich hatte über meiner Schlafhose eine Jogginghose, und einen Wintermantel trug ich über meinem Pullover. Ich rollte mich wie ein Seelöwe zum Rand des Bettes vor und setzte mich langsam und stöhnend auf. «Ja, ja, ja … ich komme ja schon!», rief ich schwach in den Flur hinein und schlurfte wie ein Michelinmännchen zur Tür. Meine Arme standen links und rechts ab, und der rote Wollschal war dreifach um den Hals gewickelt, sodass dieser meinen Kopf stützte. Erhobenen Hauptes öffnete ich die Tür und schaute auf einen verdutzt dreinblickenden, hageren, schnurrbärtigen Mann. «Liebe Frau Kohlkopf, bin ich Hasan, Bruder von Ali.» «Aha», sagte ich tonlos. Was wollte denn der Bruder vom Bruder wohl? «Ich heisse Weisshaupt, Herr Hasan, nicht Kohlkopf.» Das hagere Männlein entschuldigte sich: «Entschuldigen Sie, liebe Frau Weisskopf, keine Sorge, ich habe Überraschung.» Er wackelte mit seinem Kopf hin und her und blickte schelmisch. Wieso auch nur sprach ich überhaupt mit ihm? Ich verdrehte die Augen und war wenig gespannt. Doch als der Hagere eine Tasche, nämlich MEINE, hinter seinem Rücken hervorzauberte, staunte ich nicht schlecht. Andererseits fragte ich mich sofort, wieso ich die Tasche erst jetzt wieder zu Gesicht bekam, schliesslich hatte ich diese am Tag der Hochzeit meines Bruders im Taxi vergessen. Vor fünf Wochen! «Wer sind Sie noch mal?», fragte ich stirnrunzelnd den Hageren. «Ich bin Hasan, Bruder von Bruder Ali. Ali ist Taxifahren mit Sie, und Sie haben vergessen Ihre Tasche.» Ich kniff die Augen zusammen. Also dieser Bruder Hasan hat so was von keiner Ähnlichkeit mit dem Taxifahrer Bruder Ali. «Liebe Frau Weisskohl, Ali sagen, ich soll bringen für nette Frau Weisskohl Isolde ihre schöne Tasche zurück.» Er setzte ein honigsüsses Lächeln auf, was aber eher in einer Grimasse endete. «Ja, das ist sehr nett, nur warum hat dies denn so lange gedauert?», wunderte ich mich. «Ich habe gemacht Reisen nach Türkei.» «Iiiistannnnbuuul», sagte er gedehnt, als ob ich diese Stadt noch nie gehört hätte. «Mit Tasche?» «Neeeeiiiin!», lachte der Hagere und klatschte sich auf seine Oberschenkel. «Nicht mit Tasche. Mit Koffer! Und mit Anne, mit Tante und Onkel Hussein, Güzel, meine cütschük Sweester, meine grosse Cousin Ahmed und mit meine andere ...» Mir war ein wenig schwindlig. Mein Kopf war heiss, meine Augen glühten. Ich lehnte mich in den Türrahmen und nahm dem Hageren die Tasche ab und unterbrach seine Familienaufzählung. «Ich bin sehr froh, dass ich die Tasche wieder habe, vielen Dank, das ist nett von Ihnen, Hasan.» «Oh, nix zu danken», freute sich der hagere Hasan. «Sagen Sie, liebe Frau Rotkohl ...» «Ich heisse Weisshaupt. Isolde Weisshaupt.» Ich stöhnte, und ein Schauer lief meinen Rücken herunter. War mir jetzt heiss oder kalt? Oder beides? «Keine Heizung in diese alte Haus, was, Frau Kohlrübe?», erkundigte sich der Hagere. «In meine Haus immer sön warm. Kommen Sie Besuch für mich.» Er strahlte mich an, seine Zähne waren gelb. Sein Kittel war heller als seine Zähne. Dennoch hatte auch dieser schon etliche Flecken und zudem eingerissene Ärmel. Um sein linkes Handgelenk schaukelte ein goldgelbes Armband, und an seiner rechten Hand fehlte der kleine Finger. Diese Hand streckte er mir entgegen. Ich nahm diese Hand etwas zögerlich und drückte sie dann aber fest. «Ich heisse Weisshaupt.» Der hagere Hasan schaute mich an und sagte: «Kommen Sie eine söne Chai trinken, dann gleich warm um Herz.» Flirtete der etwa? «Ich habe viel Zeit für schöne Frau. Arbeite bei Ali.» «Ahhh, dem Taxifahrer?», fragte ich.

«Neeeeeein!», lachte der Hagere und winkte ab. «Andere Ali, Ali von Gemüse Markt. Gemüse-Ali.» Vor meinen Augen tanzte buntes Gemüse nur so, innerlich spürte ich, dass ich musste wieder ins Bett musste. Dringend.

Ein Prachtkleid

Heute hatte ich frei. So schlenderte ich, wie ich es immer wieder gerne tue, durch die Stadt. Ich hatte noch etwas Zeit, mein Coiffeurtermin war erst in einer Stunde. Ich ging nicht allzu oft zum Coiffeur, vielleicht zweimal. Also zweimal im Leben. Es reichte mir, wenn ich die Haare hinten zusammenband, doch nun wollte ich schick sein. Jaaa, auch für Daniel. Wir waren zwar nur Arbeitskollegen, doch man kann sich ja auch für einen Kollegen schick machen. Oder nicht? Gestern zum Beispiel hatten wir zur gleichen Zeit Feierabend. Nachdem wir umgezogen waren, traf ich ihn sitzend im Foyer. Er plauderte mit einem älteren Mann, einem Heimbewohner. Als ich ihm entgegenkam, schnellte er hoch, seine Augen glänzten, hatte ich das Gefühl. «Wow, Isolde, du bist eine Granate!» Okay, die Wortwahl war wohl etwas seltsam und ungewohnt, doch nahm ich dies als Kompliment. Er lobte mich in meinem Outfit, welches aus einer fliederfarbenen Tunika mit weiten Volantärmeln bestand, die ich über einer grauen Leggings trug. Die schwarzen Ballerinas dazu passten hervorragend zu meinem dunklen Jäckchen. Er küsste mich links und rechts und wünschte mir einen schönen Nachmittag. Heiss lief es mir den Nacken herunter. Wow, Daniel! «Und du riechst so toll!», raunte er mir ins Ohr. Ach ja? Ich überlegte. Das werden wohl die Mottensäckchen sein, die ge-

91

füllt mit Lavendelblüten in meinem Kleiderschrank liegen. «Danke», raunte ich zurück. Tjaaaa, der Daniel. Bahnte sich da etwas an? Jedenfalls tat sich immer ein tolles Gefühl in mir auf, wenn ich in seiner Nähe war. Und für diesen Daniel wollte ich mich haartechnisch und überhaupt nett machen. Und ich wurde nett gemacht. Lucs Hände sausten geradezu über meinen Kopf, schwarze Locken fielen zu Boden. Er drehte meinen Kopf mit seiner Hand in alle Richtungen und vergrub seine Hände in meinen Haaren. «Ahhh, wunderbares Haar», murmelte er. «Ein wenig dünn ... bisschen fettig ... nicht sehr farbstark ...» Was bitte soll denn dann wunderbar sein an meinen Haaren? «Kannst du das alles richten, lieber Luc?», fragte ich süsslich und klapperte mit den Augen. Er beugte seinen Kopf neben meinen und schaute mich im Spiegel an. «Ich mache einen Vamp aus dir», hauchte er und lachte. Dann winkte er nach seinen Püppchen und liess diese für mich tanzen. Nach gefühlten fünf Stunden und sechs Espresso, drei Häppchen Süssem und einer saftigen Rechnung verliess ich gestylt den Laden. Zuerst kam ich mir sehr fremd vor. Die Leute schauten mich auch anders an als sonst. Jedenfalls kam mir das so vor. Doch ich fühlte mich wohl, betrachtete mich im Schaufenster und fand, dass ich klasse aussah. Nun, nicht gerade untenherum, doch oben auf dem Kopf sah ich bombastisch aus. Mein kurzes, aufgewickeltes Haar glänzte feuerrot in der Sonne. Zudem wurde ich geschminkt. Meine Augen schauten kräftig und leuchtend, meine Wangen waren nicht mehr so blass und mein Mund … ich betrachtete mich eingehender im Schaufenster. Was haben sie denn da gemacht? Ich schob meine Lippen zu einem Kussmund. Wow! Rote Lippen soll man küssen, schoss es mir durch den Kopf. Vergnügt schlenderte ich weiter und schaute in jedes Schaufenster. Nicht unbedingt, weil mich die Auslagen interessierten, sondern um mich zu bestaunen. Ich hatte ein tolles neues Selbstwertgefühl! Elena schob sich an mir vorbei. Bauch voran. Ja, die E-lena, nun hatte sie schon einen richtig grossen Bauch. Es fiel ihr zusehends schwerer, sich galant zu bewegen. Ich kicherte. «Elena!», rief ich ihr nach. Sie drehte sich um und zog ihre Augenbrauen zusammen. Sie schaute mich an und liess ihre Augen an mir herabwandern. Als sie mein «Schwarzwaldmädl»-T-Shirt entdeckte, hellte sich ihr Blick auf, und sie rollte auf mich zu. «Isolde! Wow, du siehst so … anders aus! Toll!», schwärmte sie.

Wir tranken einen Kaffee zusammen, wobei sie einen koffeinfreien Kaffee mit laktosefreier Milch bestellte und ich einen klassischen Cappuccino mit extra viel Kakaopulver obendrauf. Elena schob mir ihr Schokoladentäfelchen, was an der heissen Kaffeetasse bereits angeschmolzen war, zu und erzählte mir, dass in vier Wochen der Geburtstermin sei. Und dass sie mit ihrem Marco zusammen geburtsvorbereitende Kurse absolviere. Ich kicherte. Konnte ich mir doch nicht vorstellen, dass Marco und sie zusammen um die Wette hechelten. Aber ein Stück weit beneidete ich sie. Da ist etwas Neues, was bei den beiden Einzug hält. Bei mir änderte sich irgendwie nichts, alles nicht gerade aufregend, nichts Neues. Nach dem Kaffee schlenderten wir zusammen durch die Strassen vorbei an gefüllten Schaufenstern. Wir redeten, wir kicherten, sie bewunderte immer noch meine neuen Haare. Also, die Haare waren ja nicht neu, nur die Aufmachung, also die Verpackung sozusagen. Plötzlich blieb Elena stehen und rief: «Wow, Isolde, jetzt schau dir mal dieses Kleid an, ist das nicht der Wahnsinn?» Ja, in der Tat. Da hing ein rotes Kleid mit goldenen Schmuckplättchen am Kragen und langen Schlitzen rundherum bis zu den Knien hinauf. «Ja, Elena, ein echtes Prachtkleid», murmelte ich.

Sportskanone

Voller Elan sprang ich die Stufen im Treppenhaus hinunter und nahm gleich zwei Stufen auf einmal. Die Haustüre stand offen, die Sonnenstrahlen erkundeten bereits den Hausflur. Heute hatte mich tatsächlich der Sportgedanke gepackt, gleich nach dem Aufstehen. Und dieser Gedanke hatte mich total im Griff! Ganz fest! Ich war selbst erstaunt. Und nach fünf Griffen fand ich auch ein leicht vergilbtes Sporttop und nach kurzem Suchen auch meine Sportleggings. Die noch nie getragenen Sportschuhe passten spitzenmässig, und mein Geist war motiviert. So stürmte ich durch die Sonnenstrahlen ins Freie. Ein herrlicher Sonntagmorgen, um zu joggen, dachte ich. Gut gemacht, Isolde, lobte ich mich jetzt schon. Frau Kramer sass bereits vor der Tür und rührte in ihrer Tasse. «Morgen!», rief ich ihr zu und jagte los. Mit Vollgas. Schön die Arme mitnehmen! Hatte ich das nicht mal irgendwo gehört? Beim Laufen die Arme schwungvoll mitnehmen, so nimmt man den Schwung mit für den Lauf. Kraftvoll schaufelte ich meine Arme vor und zurück. Ich kam gut voran. Uns, ich war richtig schnell! Ich jagte über den Vorplatz. Vielleicht war meine Haltung noch nicht so optimal. Mein Oberkörper war nach vorn gebeugt, und meine Füsse stapften bei jedem Schritt laut auf den Boden. Fast wie ein Elefant. Nur war ich bestimmt etwas schneller. Na ja, also minimal schneller vielleicht. Okay ... ich war nicht ganz so schnell wie ein Elefant, aber wahrscheinlich genauso hörbar. Dafür war ich aber schnell ausser Puste. An der Teppichstange auf der Wiese vor dem Haus machte ich bereits die erste Pause. Ich blickte zurück und keuchte. Huch, weit bin ich ja nicht gekommen. Frau Kramer sass vor dem Haus, lächelte und winkte mir mit dem Löffel in der Hand zu. Ja, dies konnte ich gut erkennen. Die Teppichklopfstange war ja auch nicht so weit entfernt. Nur so 20 Meter vielleicht. Okay, vielleicht waren es ja doch 25 Meter. Ich atmete wie eine Wilde tief ein und aus, füllte meine Lungen mit frischer Luft und raste wieder los. Wow. Ich hatte einen guten Schwung drauf. Ich freute mich. Das lag sicher an meinem Armgeschaufle. Nach ein paar Sekunden aber liess der Schwung gravierend nach. Er war eigentlich ganz verschwunden. Ich japste bereits wieder nach Luft und keuchte. Meine schwungvollen Arme waren sehr schwer und schwangen so gar nicht mehr. Leichtfüssig überholten mich Gazellen und Tiger. Zwitschernde weibliche Vöglein überflogen mich, sie unterhielten sich sogar während des Laufens und kicherten. Ich hingegen presste letzte Atemzüge kurz vor dem Erstickungstod hervor. Ich brauchte eine versteckte Pause. Keiner sollte mich so sehen, wie ich da kurz vor dem Sterben war. Das wollte sicher auch keiner sehen! Ja, da, eine Ecke! Innerlich wimmerte ich. Jetzt nur nicht die Blösse geben, durchhalten! Verdammt, die Ecke entfernte sich. So bog ich zwei Strassen vorher in eine kleine Seitengasse ab, lehnte mich gegen die Hauswand und rutschte in die Hocke. Ich heulte fast beim Atmen. Ach was, atmen konnte man das ja auch gar nicht mehr nennen. Ich hechelte, was das Zeug hielt, und presste meine Hände auf die Brust. Nach zehn Minuten Pause ging es mir besser. Also auf zum nächsten Teil meines Lauftrainings. Ich stürmte wieder los und schaufelte kräftig mit den Armen. Ich zählte die Schritte. Also meine Stampfer. 32 ... 33 ... 34 ... ohhh lieber Gott, was habe ich mir angetan ... 38 ... 39 ... 40 ... Vielleicht sollte ich lieber nicht zählen. Ich keuchte und wimmerte beim Luftholen. Laut zog ich die Luft durch die Nase ein und blies diese lautstark durch den Mund wieder aus. So hatte ich das auch einmal irgendwo gehört oder gesehen! Aber alles nutzte nichts! Ich brauchte eine erneute Pause! Da, eine Hecke! Ich kniete mich hin und tat so, als müsste mein Schuh neu gebunden werden. Ich hechelte laut und wimmernd vor mich hin und spürte die Hitze in meinem Gesicht. Ein älterer Herr fasste mich an der Schulter an und fragte mich, ob es mir gut ginge. Ich schaute zu ihm hinauf und konnte nur nicken. Ich glaube, mein Blick war recht hilfesuchend. Er fragte nochmals nach, ehe er mich allein da an der Hecke hocken liess. Ich band meinen Schuh sicher drei- oder viermal, um mich ausruhen zu können und lebenserhaltende Atemübungen zu absolvieren. Ich wusste gar nicht, dass man ein Lauftraining in so viele Teile aufteilte. Nun denn. Auf ging's! Ich stampfte wieder los, meine Beine fühlten sich nach ein paar Schritten bereits schon wieder wie überreife Bananen an, meine Fäuste waren vor Anstrengung geballt, und meine Augen suchten schon wieder nach einer Parkposition. Komm, Isolde ... durchhalten ... wenigstens 100 Schritte! Waaass?? 100 Schritte. Haha, wie lustig. Ich war erst bei 12 und schon halbtot. Da! Eine Bank. Ich plumpste drauf und ja, ich weiss, man soll sich nach einem Lauf nicht hinsetzen, sondern auslaufen. Aber es tat sooo gut. Ich konnte nicht anders. Ich tat so, als hätte ich ein Steinchen im Schuh. So kann ich natürlich nicht joggen. Ich zog den Schuh aus und schüttelte ihn aus. Viele Steinchen purzelten da natürlich nicht aus dem Schuh. Ich brauchte einen Plan und schaute heimlich den anderen Sonntagsläufern zu. Leicht und gemütlich liefen die da in ihren tollen Superschuhen umher. Trugen perfekte Sportkleidung auf perfekten Körpern. Mhhh ... Ich runzelte die Stirn. Ich muss das genauso locker nehmen wie diese Typen in den perfekten Körpern. Langsamer laufen und nicht so sehr mit den Armen rudern – das nahm ich mir vor. Und ich startete erneut. Der wievielte Teil meines Lauftrainings war das denn jetzt? Langsam lief ich an und schwang meine Arme nur sanft mit. Ich versuchte, ruhig und gleichmässig zu atmen. Es ging recht gut. Also bis zum Schritt 30 ging es gut. Dann verschwand alles Gute. Bei Schritt 40 umklammerte ich meine Rettung. Die Rettung war eine Strassenlaterne. Glücklich umgriff ich den kalten Mast und hielt mich daran fest. Ich stöhnte und keuchte, und mir war schlecht. Schweiss tropfte vom Gesicht, und meine Socken qualmten schon. Ich beugte mich kopfüber und versuchte mich zu beruhigen. «Hallo, Isolde!» Das klang erstaunt, und ebenso erstaunt hob ich meinen Kopf. Mario! Ich lächelte. Vielleicht grinste ich auch nur. «Du joggst?» Das klang sehr fragend. «Ähmm ja, ich ...» Ich suchte nach Worten und nach Luft. «Heute war es nur eine kleinere Runde.» Ich blickte zurück und konnte meine Hinterhaus-Seitenstrasse sehen. Ich machte meine Augen schmal. Sass da nicht Frau Kramer immer noch vor dem Haus?

«Also eine ganz kleine Runde sozusagen ...» Mario, in schwarzer kurzer Hose und lässigem Shirt, welches so gar nicht durchgeschwitzt war im Gegensatz zu meinem, trippelte unaufhörlich neben mir auf und ab. Dann stellte er ein Bein vor und dehnte sich. Ich tat es ihm einfach nach. «Ich finde das toll, Isolde. Sport tut so gut», sagte der gute Mario. «Ja, für den Geist und den Körper», erwiderte ich und zeigte auf meinen Kopf und auf meinen Bauch. Mario wechselte das Bein und musterte mich von oben bis unten: «Und ganz ehrlich, Isolde, ich hätte das gar nicht gedacht von dir. Du bist ja eine richtige Sportskanone!»

Gute Pflege

Daniel hat mich eingeladen. Er möchte mit mir essen gehen. Er tat etwas geheimnisvoll. Wir hatten uns beim Griechen verabredet. Heute Abend schon. Ich war sehr aufgeregt. Wollte er mir etwas sagen? Vielleicht mir seine Liebe gestehen? Also, ich war ja schon irgendwie verliebt in ihn. Meine Schmetterlinge im Bauch sagten mir das. Ja, das musste wohl Liebe sein. Und als ich heute Vormittag in der Küche stand, hatte ich überlegt, was ich eigentlich anziehen sollte. Zu offenherzig ging nicht, so hochgeknöpft ist auch nicht das Wahre. Kurz? Nein! Meine Beine waren nicht so sehenswert. Was sollte ich also anziehen? Vielleicht doch kein Kleid. In Gedanken durchstöberte ich meinen Kleiderschrank und kombinierte meine Auswahl. Diese Kombination probierte ich dann auch gleich nach der Arbeit an und betrachtete mich im Spiegel. Ja, nicht schlecht! Aber Schuhe! Das ewige Schuhproblem … Ich musterte grübelnd meine Schuhe und überwand mich dann doch, Magdalena zu fragen, ob ich ihre kleinen süssen schwarzen Riemchenschuhe anziehen dürfte. Sie waren zwar eine Nummer zu klein, aber das würde ich schon einen Abend aushalten. Ich ging nicht davon aus, dass Daniel noch mit mir tanzen gehen würde. Ich blieb stehen und überlegte. Und wenn doch? Niemals könnte ich stundenlang in den winzigen Magdalena-Schühchen eine heisse Sohle auf das Parkett legen. Ich wischte die Vorstellung weg.

Ach was, dann tanze ich halt ohne Schuhe! Barfuss, aber mit Lockenwicklern auf dem Kopf hüpfte ich die Stufen im Treppenhaus hinunter und klopfte an Frau Kramers Tür. Magdalena öffnete. Natürlich lieh sie mir gern ihre Schuhe. Sie eilte davon, um sie zu holen. Ich stand in der Tür und spähte in die Wohnung. Überall standen Kisten gestapelt, die Vorhänge lagen zusammengelegt auf dem Tisch. Alles war so anders in der Wohnung. Ausser Frau Kramer, die rührte in der Tasse. «Was ist denn hier los?», fragte ich Magdalena. «Nu, Frau Kramer Tochter aufräumen. Sie sagen ausmisten.» «Ausmisten?» «Ja, Frau Kramer Tochter Sophia sagen ausmisten.» Magdalena legte ihre Hand auf meinen Arm. «Frau Kramer Tochter Sophia will nicht Frau Kramer hier. Frau Kramer gehen weg, in gute Haus.» Was? In ein gutes Haus? Ich war ein wenig verwirrt und verstand nicht. «Frau Kramer zieht aus?», hakte ich nach. «Ja, in eine gute Haus, mit gute Personal und gute Pflege.» Aha, sie soll in ein Heim, die Frau Kramer. «Ja, wann denn?» «Ich denke bald», sagte Magdalena. «Alles schon einpacken und aufräumen.» Ja, und was denn mit ihr werde, frage ich. Magdalena senkte den Kopf. «Denke zurück. Zurück nach Polen. Aber ich fragen noch Tochter Sophia.» «Wer sind Sie?», rief Frau Kramer und schlurfte in Pantoffeln mit ihrer Tasse in der Hand heran. «Kenne ich Sie?» Sie kam ganz nah und schaute mich durch ihre dicken Brillengläser an. «Haben Sie Herbert gesehen?»

... und ich sage JA!

Daniel sah umwerfend aus. Sein pastellfarbenes
Hemd hing leger über der Jeans. Seine Füsse steckten in
Stoffsneakers, das Sakko hatte er über die Stuhllehne ge-
hängt. Ich hatte das Gefühl, Daniel konnte alles tragen,
sogar in der Küchenuniform sah er einfach klasse aus.
Er sprang auf. «Isolde!», rief er übermütig. Ich errötete,
als er mich an seiner Hand vorführte und mich um die
eigene Achse kreisen liess. «Toll siehst du aus, Isolde!»,
rief er. Dann sagte er leise: «Einfach unglaublich, dass
du immer noch Single bist!» Na, das wird sich ja heute
Abend ändern, durchschoss es meinen Kopf. Ich lächelte, nein, ich strahlte ihn an und setzte mich. Wir be-
stellten einen gemeinsamen Vorspeisenteller und began-
nen den Abend recht locker. Irgendwann, zwischen meinem dritten und vierten Glas Rotwein, begann Daniel
ziemlich förmlich: «Liebe Isolde, wir kennen uns noch
nicht so lange und trotzdem habe ich das Gefühl, dass
wir uns sehr gut verstehen. So, als ob wir uns schon ewig
kennen.» Dies bestätigte ich. Ja, mit Daniel fühlte ich
mich wohl. Ich hatte auch das Gefühl, als ob wir uns
schon seit Jahren kennen. Das war ein schönes Gefühl.
«Nun, Isolde, ich bin bei einem Thema unsicher und ich
weiss auch nicht genau, wie ich dir das sagen soll.» Er
stocherte in seiner griechischen Hähnchenpfanne
herum. «Ich wollte dich etwas fragen.» Ich schaute Daniel an. Ja ... jubelte es in meinem Kopf. Er will mich

fragen, ob ich eine Beziehung mit ihm möchte? Ob ich zu ihm ziehen würde? Wollte er mich heiraten? Nein, Unsinn! Er möchte mich seiner Mutter vorstellen. Ja, bestimmt. Der Beginn unserer gemeinsamen Beziehung. Einer Romanze. Ich lächelte und schob mir eine Gabel voll Fassolakia Ladera, welche ihrem Namen alle Ehre machte, in den Mund und lauschte Daniels weiteren Worten. «Liebe ist manchmal kompliziert. Und in meinem Fall sowieso … Also, ich will dich nicht überrumpeln.» Doch! Lieber Daniel, überrumple mich. Frag mich … und ich sage JA! Ich nickte zustimmend und Daniel fasste neuen Mut. «Also … ich habe mich verliebt.» Uff, jetzt war's raus und lag da … einfach so … mitten auf dem Tisch. Ich spürte Hitze an meinem ganzen Körper. Mein Herz raste und meine Stirn war feucht. Mit meiner verschwitzten Hand griff ich seine Finger und hauchte: «Daniel, das ist wunderbar.» Ich bin doch auch verliebt und wie! Ich schob mir weitere Bohnen in den Mund und zerlief innerlich. Daniel drückte meine Hand und flüsterte: «Ja, es ist wunderschön, aber er weiss nichts von meinen Gefühlen.»

Die Bohnen sind schuld

Nur langsam beruhigte ich mich wieder. Unser Tisch sah aus, als hätte ein Wirbelsturm darüber hinweggefegt. Die Servietten lagen unter dem Tisch, die Wasserflasche war umgefallen, und in meinem Rotweinglas schwammen Bohnen. Die Bohnen sammelten sich aber auch überall sonst noch. Nach Daniels letztem Satz rutschten mir ein paar Bohnen auf dem falschen Weg den Hals hinab. So verschluckte ich mich heftig und hustete und prustete wie eine Wilde. Hochrot stand ich nun, aufgestützt am Tisch, und versuchte, Haltung zu wahren. Daniel war verliebt. Aber in wen? Klang ja nicht so, als ob ich die Auserwählte sei. Ha! Wie konnte ich auch so blöd sein und so etwas denken können. Wie peinlich! Ich versuchte nun, aus der Nummer so gut wie möglich herauszukommen und um Himmelswillen nicht durchblicken zu lassen, dass bei mir bereits die Hochzeitsglocken geläutet hatten. Nachdem ich wieder in einen Normalzustand zurückversetzt worden war, nahm ich Platz. Daniel entschuldigte sich ständig. Es war ihm fast noch peinlicher als mir. «Ist schon gut, Daniel, erzähl mir von deinem Traumprinzen.» Diesmal nahm ich seine Hand nicht, und er begann auch ohne meine Unterstützung zu erzählen. «Bernd heisst er. Er arbeitet in der Buchhandlung bei mir um die Ecke. Ich möchte ihm sagen, dass ich mich in ihn verliebt habe.» «Weiss denn Bernd, dass du ... na ja ...» «Dass ich schwul bin?», beendete Daniel meine Frage. «Ja, das weiss er. Ich habe öfters Literatur bezüglich dieses Themas gekauft. Und eines Tages hatte er mich darauf angesprochen.» Daniel machte eine Pause und wartete, bis der Kellner das Tischtuch gewechselt hatte und uns ein neues, lupenreines weisses Tischtuch über den Tisch ausbreitete. «Hilf mir, Isolde. Ich muss es ihm endlich sagen.» Daniel rubbelte mit dem Finger über einen vermeintlichen Fleck auf dem sauberen Tischtuch. «Aber ich weiss nicht, wie ich es ihm sagen soll.» Ach, Daniel, sag es ihm nicht, heirate mich! In mir spielte es Achterbahn. Ich bin verliebt in einen schwulen Mann. Und nun? Eine Dreierbeziehung? Ich seufzte und sah meinen Traumprinzen in den Sonnenuntergang reiten, auf einem Schimmel, über eine grüne Wiese, zusammen mit seinem Bernd.

Aufgeräumt

Gestern beobachtete ich Magdalena am Fenster. Sie wirkte gar nicht glücklich. Sie schüttelte die Tischdecke etwas fester aus dem Fenster als sonst. Und sie war schweigsamer als sonst. «Hallo, Magdalena!», rief ich ihr zum Fenster hinauf. «Guten Tag, Frau Isolde!», rief Magdalena mir zu und schüttelte heftig mit der Tischdecke. Sie zeigte auf das silberfarbene Auto mit dem Stern an der Motorhaube, welches neben dem Hauseingang stand, und legte den Finger auf ihre Lippen. Aha! Frau Kramers Tochter Sophia ist da. Nun, dann wollte ich auch nicht stören und stieg die Stufen zu meiner Wohnung hinauf. Die Wohnung von Frau Kramer stand offen. Ich konnte Frau Kramer sehen. Sie sass auf einem Stuhl und hielt irgendwelche Dinge in den Armen, die sie krampfhaft festhielt: Bücher, Zeitungen und eine Puppe. Den Rest konnte ich nicht erkennen. Dafür lagen überall Stapel herum mit Frau Kramers Inventar. Vasen, Gläser, Fotoalben, Schachteln in allen Grössen, Geschirr, Wolle und Stricknadeln, Mützen in verschiedenen Farben, Bücher, Besteck und bunte Becher aus Plastik. Alle Türen ihres Schrankes standen weit offen. Sophia zog immer mehr aus dem Schrank heraus und schaute ihre Mutter dann vorwurfsvoll an: «Mutter, das ist uralt! Wozu um Himmelswillen brauchst du denn diese Abzeichen noch?» Frau Kramer nickte, und Sophia warf die soeben gezeigten Abzeichen in eine grosse schwarze Mülltüte, deren Bauch sich schon stattlich wölbte. Das brauchst du auch nicht … und das auch nicht … das kann alles weg … sagte sie. Ich stieg leise die Stufen weiter nach oben. Sie knarrten laut. Rums, die Tür von Frau Kramer flog zu. Drinnen klirrten Gläser. Oh, da herrschte wohl dicke Luft.Grosse Räumungsaktion. Es war eine eigenartige Atmosphäre im Haus. Unter mir rumorte es. Schranktüren klapperten, zwischendurch klirrte es. Polternd öffnete sich die Türe wieder, und kurz darauf flog die Wohnungstür wieder zu, und es wurde ruhig. Ich beobachtete Sophia hinter der Gardine, wie sie mehrere schwarze Säcke in ihren teuren Nobelschlitten lud und davonbrauste. Es blieb ruhig im Haus, nicht einmal Magdalena hörte ich singen.

Er kommt von allein

Seit Tagen war ich geknickt. Daniel ging mir nicht mehr aus dem Kopf. Und dabei hatte ich ihm auch noch geholfen, Bernd seine Liebe zu gestehen. Und siehe da, auch der liebe Bernd war genauso hoch verschossen. Bernd und Daniel waren nun ein Paar. Dazu kam, dass sie in einem Viertel unserer Stadt eine Schwulenbar übernommen hatten. Daniel kreierte kleine Sachen in der Küche, damit die Männerwelt nicht vom Stängel fällt, und Bernd mixte und kellnerte. Na, wenn das mal nicht romantisch war. Und wo war bei mir die Romantik geblieben? Echt öde alles. Da hockte ich nun hier und trauerte meinem Traumprinzen nach. Aber wieso auch sollte sich einer in mich verlieben? Was konnte ich bieten? An mir abwärts gesehen ging es ja nur bergab oder bergauf. Vom letzten Coiffeurbesuch war längst nichts mehr zu sehen. Mein «Schwarzwaldmädl»-T-Shirt war schon so ausgeleiert, dass es am Bauch nicht mehr spannte, und meine Jogginghosen hatten nun auch noch einen Tomaten-Chili-Fleck, der beim Waschen partout nicht rausgehen wollte. Es klingelte an der Tür. Magdalena. Sie hatte ein Hoch. Und ich ein Tief. Sie brachte eine Flasche Wein mit. Wir tranken sie. Sie aus Freude und ich aus Trauer. Aus Trauer holte ich eine weitere Flasche aus meinem neu angelegten Weindepot. Die erste Flasche über schwiegen wir uns an. Bei der zweiten Flasche redeten wir. Ihr «schenes Probläm» war gerade sehr lieb zu ihr, scheinbar. Eine Kette hatte er ihr geschenkt. Magdalena lächelte vor sich hin und spielte mit ihren Haaren. Sie wickelte immer die gleiche Strähne um den Finger, und eine Bilderbuchlocke schnellte nach oben, wenn sie diese Strähne wieder frei liess.«Habt ihr Sex, du und ... der Mann von Frau Kramers Tochter Sophia?», fragte ich. «Natürlich!», lachte Magdalena laut und zeigte mir ihre perfekten Zähne. Sie amüsierte sich köstlich über diese Frage und beruhigte sich nur sehr langsam. «Wo denn?», wollte ich wissen. Also in Frau Kramers Wohnung ja sicher nicht. Dort hatte zwar Magdalena ein Zimmer und ein Bett, aber nein, das konnte ich mir nicht vorstellen. «In Hotel», antwortete die junge Polin. Ich verzog den Mund. In einem Hotel? Die beiden treffen sich, um Sex zu haben, in einem Hotel? Also für mich war das eher billig. «Gibt schene Hotel ganz nah. Viel ruhig und schene weich im Bett. Ohhh, ganze Nacht tanzen und ganze Nacht in Bett bis morgen.» Sie breitete die Arme aus, umschlang ihren eigenen Körper, schloss die Augen und wiegte sich. Okay. Okay. Das reichte. Ich wollte auch die ganze Nacht, oder wenigstens die halbe Nacht! Also ich wäre auch schon mit einer Stunde zufrieden, ach was, mit ein paar Minuten wäre ich schon glücklich. Ich schenkte mir Wein nach und dachte nach. «Du traurig, Frau Isolde?» Ja, traurig und allein. «Du suchst schene Mann, Frau Isolde?» Ich nickte. «Musst nicht suchen, kommt allein. Vielleicht schon da.» Ich schaute Magdalena an, die lächelte und nickte mir zu, als ob sie mehr wusste als ich. Schon da? Ich schaute mich suchend um. Wo bitteschön sollte hier ein Mann sein, und dann noch einer, der für mich bestimmt war. Ach, Magdalena, was weisst denn du.

Eine gute Entscheidung

Gelangweilt schlurfte ich durch meine 1,5-Zimmer-Wohnung. Mir war so langweilig. Und zu nichts hatte ich Lust. Zwar schlug mir mein emsiges Bienlein im Kopf einige Sachen vor. Zum Beispiel: Bett neu beziehen, Fenster putzen, die Steuer vom letzten Jahr machen, die Flaschen zum Container bringen, den Kühlschrank putzen. Kühlschrank? War denn der schmutzig? Ich öffnete ihn, und das helle Licht sagte mir «Hallo».Schmutzig? Nein, schmutzig war er nicht. Also nicht so, nur ein wenig. Da klebte noch der Rest meines verschütteten Sahnepuddings, und die kleinen roten Flecken, na ja, sind vom Ketchup wahrscheinlich. Ich begutachtete den Inhalt des Kühlschranks, und als ich die weisse Kartonschachtel mit Schnörkelschrift sah, freute sich mein inneres Ich, und ein Lächeln präsentierte sich in meinem Gesicht. «Königlich Schlemmen – Feines von Ihrer Konditorei König». Ohhh, danke, lieber Herr König und liebe Frau Königin, gerne werde ich dies tun. Mit Freuden zog ich zwei Stück eingepackten Käsekuchen mit Sahnehäubchen aus dem Kühlschrank, setzte mich zufrieden in den alten gelben, samtbezogenen Ohrensessel und schob mir ein grosses Stück Käsekuchen in den Mund. Oh, so fein. Genüsslich schloss ich die Augen und liess das Feine auf der Zunge zergehen. Vanille, ein Hauch von Caramel, sehr sahnig und cremig.

Also kochen konnte ich ja gut, beim Backen aber hapert's bei mir gewaltig. Ich bringe es nicht einmal zustande, eine Fertigbackmischung korrekt zu mischen und zu backen.Hintereinander verschlang ich die zwei Stückchen Kuchen und kratzte die letzten Krümel vom Teller. So, und nun? Ich liess den Blick durch den Raum wandern. Gardinen könnte ich mal waschen oder die Wand streichen. Schon lange, so dachte ich, eine rote Wand, so blutrot, würde sich doch gut gegenüber dem Fenster machen. Dort könnte ich dann meine weissen Bilderrahmen mit den Fotos der letzten Betriebsfeste aufhängen und vielleicht auch das vom Schulabgang. Nein, das nicht. Ich hatte damals Strümpfe bis zu den Knien, und der kurz geschnittene Pony – das war das Werk meiner Mutter. «Ich kann das! Das ist doch kein Problem für mich!», gaukelte meine Mutter mir damals vor. Na ja, und viel retten konnte Eva aus dem Coiffeursalon nebenan auch nicht mehr. Lediglich gerade konnte sie ihn retten. So lag das Foto nun seit Jahren in meiner Skischublade mit Skikleidern, da ich diese ja eh nie öffnete, weil ich weder den Winter mag noch Skifahren ging.Klar, ich könnte ein wenig streichen. Das war die Idee! Die beste Idee seit Wochen. Gesagt, getan. Ein Blick auf die Uhr und schnell, bevor ich es mir anders überlegte, zog ich die Tür hinter mir zu und verliess das Haus. Nach einer kurzen Busfahrt und einem noch kürzeren Fussweg stand ich im Baumarkt. Da ich ganz genau wusste, was ich wollte, verliess ich den Baumarkt vollbeladen mit einem Eimer roter Farbe, mehreren Pinseln, Abklebeband, Abdeckfolie und einem Abroller, einer Mischschale und einem Zehnerpack Gummihandschuhe. Ein freundlicher Mitarbeiter hatte mir die rote Farbe gemischt und erkundigte sich dreimal, ob ich mir auch mit dem Farbton sicher wäre. Daheim angekommen, legte ich voller Elan mein Zimmer mit Folie aus, zog einen meiner Arbeitskochkittel über und bastelte eine Malermütze aus Zeitungspapier, so ein Papierschiffchen. Es wollte auf meinem Kopf nicht halten, so klammerte ich links und rechts eine rote und eine blaue Wäscheklammer dran. Wie Wellen umrandeten meine Locken das Schiffchen. Ich zog die hellblauen Handschuhe über und startete mein Projekt: Heute streiche ich eine Wand. Nein, Ahnung hatte ich keine, doch der nette Verkäufer im Baumarkt erklärte mir, wie es geht. Zuerst solle ich «beschneiden». Das fand ich zwar witzig, aber ich hatte keine Ahnung, was er damit meinte. Als ich die alte Wäschetruhe bemalt habe, hatte ich auch nichts beschnitten, aber ja nun. Er war schliesslich der Fachmann. Was genau sollte ich beschneiden? Den Pinsel! Ja, das klang logisch. Ich blickte mich um ... nein, was anderes konnte da nicht beschnitten werden. Die Folie? Die Gummihandschuhe? Vielleicht so, dass da alle Finger herausschauen? Ich grinste. Es musste der Pinsel sein. Also nahm ich den Pinsel und schnippelte mit der Schere an den Borsten herum. So, erster Schritt geschafft: beschnitten. Jetzt aber los, murmelte ich. Ich war gespannt, wie ich mich beim Wändestreichen so anstellen würde. Es war immerhin meine erste Wand. Premiere sozusagen. Weit tauchte ich den Pinsel in den Farbtopf ein. Dann trug ich die Farbe mit dem Pinsel zuerst in den Ecken und Kanten auf. Das sah super aus, dachte ich, als ich mit zur Seite gelegtem Kopf meine Anfänge begutachtete. Die meiste Farbe spritzte und suppte allerdings woandershin. Ich tropfte herum, auf die Folie, an die nicht zu bestreichende Wand, auf meine Haare, ins Gesicht, auf den Kittel und auf meine Schuhe. Ich putzte mit einem feuchten Lappen die Wand ab, die eigentlich weiss bleiben sollte, und wischte so die rote Farbe auf der Tapete hin und her. Zwar gab dies einen schönen Wischeffekt, doch das Rot blieb hartnäckig auf dem Weiss haften. Gut, es ist noch kein Meister vom Himmel gefallen, dachte ich und pinselte eifrig weiter. Musik! Ich brauche Musik. Meine gummierten Finger hinterliessen auf meinem grauen Radio einen roten Schimmer. Ich pinselte und strich wie ein Weltmeister. Ich hatte vergessen, die Sockelleiste abzukleben, und zog verbissen einen mehr oder weniger, also eher weniger geraden Strich knapp oberhalb der Leiste. Und auf die Zunge beissend umrundete ich die Steckdose und den Lichtschalter. Gar nicht so schlecht, freute ich mich. Klar, ein anderer hätte die Hände über dem Kopf zusammengeschlagen, doch freute ich mich über das gelungene Werk. Die Wand war endlich gestrichen und leuchtete in einem schönen blutroten Rot. Die weisse

Wand mit dem Wischeffekt wollte ich nun auch noch in eine rote Wand verwandeln. Doch meine Farbe reichte niemals für eine weitere Wand. Also ab zum Baumarkt, ehe er schliesst, dachte ich und stürmte voller Elan los. Rein in den Bus, zwei Stationen später raus aus dem Bus und hineingestürmt in den Baumarkt. Atemlos blieb ich vor meinem Farbregal stehen und keuchte. Ich spürte eine Hand auf meiner Schulter: «Alles in Ordnung? Brauchen Sie Hilfe?» Ich drehte mich um. Ah, der nette Farbmischverkäufer. Erschrocken zog er seine Hand zurück und musterte mich. Er hielt den Kopf schief und schaute mich fragend an. «Nein ... danke ... alles klar», hechelte ich, hielt die linke Hand auf meine Herzgegend und schwenkte tapfer mit der anderen Hand ein Eimerchen weisser und roter Farbe hin und her. «Hab schon alles!» Der Verkäufer trat einen Schritt zur Seite und liess mich vorbei. Ich stürmte durch den Baumarkt Richtung Kasse. Bei jedem Schritt klapperten meine Hausschlüssel in der Kitteltasche. Ich sputete vorbei an verschiedenstem Sortiment: Eimer, Lampen, Schlösser, Schränke, Baumaterialien, Badezimmermöbel, kleine Spiegel, grosse Spiegel. Ich stoppte. Was war das denn? Ich lief drei Schritte zurück und sah in den goldumrandeten Spiegel. Ich wollte es zwar nicht wahrhaben, doch das war definitiv ich! Mein Gott! Ich erschrak. Ein grauenvoller und auch beängstigender Anblick! Ich sah aus wie ein Clown, die, die so suuuper lustig aussehen wollen, man aber als Kind vor ihnen eher Angst hat. So sah ich auch aus. Auf dem Kopf ein Papierschiffchen, welches Schlagseite hatte und sich zur Seite neigte, eine der beiden Klammern hatte sich gelöst und hing nur noch schräg an meinem Haar. Der weisse Kochkittel konnte nicht als ein solcher identifiziert werden, meine blaubeblümten Clogs hatten nur noch rote Blumen drauf. Ich kniff meine Augen zusammen, um besser sehen zu können. Mein Gesicht war über und über mit roten Pünktchen versehen, meine Locken hatten komplett rote Spitzen, und die hellblauen Handschuhe klebten an den Händen wie eine zweite Haut. Sie waren knallrot. Blutrot. So bin ich umhergeirrt? Ich war erschrocken. Hoffentlich sah mich keiner. Hoffentlich kannte mich hier keiner. Mit gesenktem Kopf ging ich Richtung Kasse. Ich könnte auch als Halloweenfigur durchgehen. Durchgeknallte Leiche. Malerleiche? Ich stellte mich an der Kasse an.

Rothaupt

Diese war kurz und übersichtlich und verhiess, dass ich nicht lange warten müsste, um an der Reihe zu sein. «Frau Isolde Weisshaupt, bitte an die Information kommen.» Haha, hier heisst noch eine Isolde. Und auch noch Weisshaupt! So lustig. Ich wieherte durch die Nase. So lustig war das aber nicht. Zur Salzsäule erstarrt blieb ich in der Reihe stehen. Kein Mensch auf dieser Welt hiess so wie ich, schon gar nicht hier im Baumarkt. Wieso zum Kuckuck musste ich zur Information? Und das noch wieder quer durch den ganzen Laden! «Ahhhhhhh!», presste ich hervor. Der Tag hatte doch so gut begonnen! Damit man mich nicht erkannte, zog ich mein durchweichtes Papierschiffchen tiefer, was natürlich rein gar nichts brachte. «Jaaaaa?!» Ich trommelte ungeduldig auf die Theke des Infostandes. «Kann ich Ihnen helfen?», fragte eine Dame im geblümten Kostüm, welche nicht von ihrem Taschenrechner aufschaute. «Ja, ich denke schon, Sie haben mich aufrufen lassen.» Und leise sagte ich: «Isolde Weisshaupt mein Name.» «Iiiissolde Weiiissssshauuuupt», wiederholte die in Blumen gekleidete Person gedehnt und tippte noch drei Zahlenreihen in den Rechner. «Ahhhja!» Was zum Geier heisst denn Ahhhja?? Dann tastete sie, ohne aufzublicken, zu ihrer Linken und zog eine Schublade auf. Ihre Hände fühlten im Inneren des Schrankes. Dann zog sie etwas heraus, trat an die Theke und löste den

Blick von ihrem Rechner. Sie schaute auf mich und stiess ein leises, aber doch hörbares «Huch!» hervor. Einen Moment war sie still. Ich brachte sie auf die Idee, weiterzureden, indem ich sie fragte, warum man mich habe ausrufen lassen. «Sie sind wirklich Isolde Laubhaus?», fragte sie ungläubig. «Nein, ich bin Isolde Weisshaupt.» «Hahahahahaha», lachte und spuckte die geblümte Mitarbeiterin herum und hielt sich ihren Bauch. «Sie sehen eher aus wie Rothaupt.» Über ihren eigenen Witz musste sie lachen und tat dies auch ungeniert. Sie konnte sich auch gar nicht mehr beherrschen. Ihr Körper bebte und ihr Kopf wurde dunkelrot. «Rothaupt», kicherte sie immer wieder. Und dann lachte sie wieder schallend. Ich glaube, sie lachte sogar ins Mikrofon. Aber sie entschuldigte sich auch ... «Es tut mir leid», kicherte sie, «es heisst nicht jeder so, wie er aussieht, nur bei Ihnen würde das passen.» Und laut prustete sie wieder los. Also, ich konnte gar nicht so darüber lachen. Ihr Witz entlockte mir lediglich ein kurzes einseitiges Mundwinkelziehen. Nun, ich hatte jedenfalls im Geschäft tatsächlich mein kleines Täschchen mit meiner Kreditkarte verloren. Netterweise wurde es abgegeben, und nun war der ganze Laden wohl auf der Suche nach Isolde Weisshaupt. Darum wurde ich ausgerufen. Zur Überprüfung meiner Person kritzelte ich meinen Namen auf ein Papier. Die Unterschrift wurde dann penibel mit der auf der Kreditkarte verglichen. Und siehe da: Ich war's! Wer auch sonst. Das Rotkehlchen hinter der Theke hatte bereits einen Schluckauf von ihrer Kicherei und wurde dann vom netten Farbmischmitarbeiter, den ich ja schon kannte, abgelöst. Er schob mir ein Fläschchen zu und raunte: «Damit bekommen Sie die rote Farbe wieder ab.» Ich bedankte mich artig. Dann zog ich die Gummihandschuhe ab und nahm mein Segelboot vom Kopf. Beides stopfte ich in die Kitteltaschen. Geduldig wartete ich dann an der Haltestelle auf den Bus. Es gab genügend Platz im Bus und nur wenige belustigende Blicke. Ich hatte ja eh noch das Lachen des Rotkehlchens im Ohr. Es setzte sich eine alte Frau zu mir. Sie musterte mich von der Seite ausgiebig und hielt mehr Abstand als nötig. Sie hielt ihre Tasche besonders stark fest, hatte ich das Gefühl. Bevor ich ausstieg, sagte ich zu ihr: «Keine Angst, das nächste Mal putze ich nur den Kühlschrank!» Und ich denke, das war eine gute Entscheidung.

Mein Name ist Hase

Ich wusste, in diesem Laden ist es immer kalt. Sehr kalt. Die kühlen im Laden auf winterliche Temperaturen herunter, keine Ahnung warum. Ich hatte auf jeden Fall immer Frostbeulen nach dem Einkaufen, darum hatte ich heute vorgesorgt. Ein Tuch in der Tasche, eine Jacke mit hohem Kragen um die Hüften gebunden, die Handschuhe hatte ich nur mitgenommen, falls ich etwas aus der Gefriertruhe herausnehmen musste. Das passierte auch ab und zu, na ja, öfters, da es nur hier meinen Käse-Sahne-Kuchen gab. Zwar tiefgefroren, aber lecker. Also wenn er aufgetaut war, natürlich. Doch hatten diese Kuchen immer so Eiskristalle drauf, dass meine Finger vor Kälte blau wurden. Deswegen: Handschuhe. Heute aber wollte ich nur Backzutaten kaufen. Ich hatte bald Geburtstag und hatte die Idee, einen Kuchen für meine Arbeitskollegen zu backen. Auf dem Weg zum Laden zählte ich auf: Eier, Backpulver und Schokolade zum Schmelzen. Alles andere hatte ich daheim. Ich stürmte an das Backregal und stapelte alles in meine Arme. Eier, ein Zwölferpäckchen Backpulver und Blockschokolade. Die bunten Streusel standen nicht auf meinem Gedächtniszettel, würden sich aber auf einem Schokoladenkuchen gut machen. Die kleinen bunten Kerzen zum Stecken mussten auch noch mit. Ich war flink und gut in der Zeit. Ich freute mich, alles schnell gefunden zu haben, und wirbelte herum. Und plötzlich nahm mein Einkaufstag eine andere Wendung als geplant. Ich stand vor dem Schild «Ausverkauf». Okay, das ist ja so weit auch in Ordnung. Nur was da ausverkauft werden sollte, liess mir fast den Boden unter meinen Füssen verschwinden. Meine Käse-Sahne-Kuchen, die tiefgefrorenen. Wird ersetzt durch ein neues Sortiment, las ich. Neues Sortiment! Ich war sprachlos. Meine Lieblingskuchen wurden hier für 50 Prozent verschleudert und dann noch ersetzt! Das konnte ich nicht zulassen. Ich legte meine Backutensilien ab und zog die Handschuhe über. Gut, hatte ich vorgesorgt. Die leckeren Kuchen lagen sehr tief in der Truhe, und ich fingerte und zappelte, bis ich drei Packungen erwischt hatte. Mh, ich überlegte. Ausverkauf. Das hiess, die gab es, zumindest hier, nie wieder. Ich brauchte mehr! Ich zog alle Kuchenpackungen, die ich erwischen konnte, heraus und stapelte sie auf der Nachbar-Gefriertruhe auf. Das ging gut, ich konnte alle Packungen wie ein Gabelstapler hochheben. Die Eier und das restliche Backzeug legte mir eine ältere Dame ganz obendrauf. Meine Sicht war versperrt, und ich eierte durch den Laden. Ich rief ab und zu «tut tut». Ich konnte nichts sehen, kannte aber den Weg zur Kasse. Andere Leute nahmen da nicht so viel Rücksicht und rammten mich. So verlor ich meine sechs Eier. Die Durchsage: «Eier in Gang 5» kam umgehend. «Warum nehmen Sie denn keinen Einkaufswagen?», wurde ich angebrummt, als ich wieder mit einem Kunden kollidierte. «Ich habe keinen», gab ich höflich zurück. «Also es hat doch hier überall Einkaufswagen!», mischte sich eine junge Frau mit Kinderwagen ein. «Sie sind ja eine Gefahr für die anderen», sagte sie und strich ihrem Kind über den Kopf, um es vor mir und den Kuchen zu beschützen. Mein Kuchenturm wackelte, und die Frau ergriff die Flucht. «Ich habe ja jetzt alles», brummte ich hinterher. Das Backpulver machte sich selbstständig und rutschte von meinem Kuchenturm. Da lag es nun. Aufheben ging nicht. Keine Chance. Aber ich versuchte es. Langsam ging ich mit meinem Kuchenturm in die Hocke. Die Blockschokolade rutschte ebenso und gesellte sich zum Backpulver. Ich brauchte tatsächlich einen Wagen, dachte ich. Dann könnte ich auch noch mehr Kuchen kaufen. Alle Kuchenpackungen könnte ich kaufen! Oh, Isolde, das darfst du dir doch nicht entgehen lassen. Ich stellte meinen Kuchenturm auf den Boden; sogleich rutschte er auseinander, und die Pakete verteilten sich auf dem Boden. Eine Verkäuferin kam und half mir, alles wieder aufzustapeln. «Wo ist denn Ihr Wagen?», fragte sie freundlich. Oh, was haben die Leute immer mit ihren Wagen, summte es in meinem Kopf. Also gut, dann hole ich eben einen Wagen, dachte ich. «Ich bringe ihn gerade!», antwortete ich und drehte mich um. Wenige Schritte weiter blieb ich stehen. Ein halbleerer Einkaufswagen vor meinen Augen. In meinem

Kopf summte noch die Frage der anderen Kundin: «Warum nehmen Sie keinen Wagen?» Und da steht einer vor mir! Wie ein Spion mit schmalen Schlitzaugen inspizierte ich die nähere Umgebung. Niemand in der Nähe. Ich schnappte mir den Wagen und rannte los. Und um die nächste Ecke. Die Angst sass mir im Nacken, aber nach der dritten Ecke ging es mir schon besser. Das, was im Wagen war, warf ich alles in ein Regal. Broccoli, Salat, Radieschen und Tomaten stopfte ich in das Shampookastenregal, die Salami landete zwischen Waschpulver, und die Käsekringel pfefferte ich zu den Müslis. Ich war stolz. Wo ist denn auch ihr Einkaufswagen? Ja, wo ist er denn? Ha, tara ... hier ist er doch! Ich rollerte meinen Einkaufswagen Richtung Kuchenturm, und kreischend stand sie plötzlich vor mir. Ein Mädchen mit Brille und Krone, langen braunen Haaren und gelber Schleife. Sie zeigte auf mich und schrie. Ihre kleinen glänzenden Schühchen waren sicher sehr eng und unbequem, dafür trug sie einen Pullover, welcher geschätzt zwei bis vier Nummern zu gross war. Eventuell hatte sie bereits einen Stimmfestigungskurs absolviert, denn das Kreischen war hartnäckig, unaufhörlich und ging tief ins Mark. In mein Mark. Mir wurde heiss, und ich machte mich aus dem Staub. Ich rannte mit dem Wagen, was das Zeug hielt, durch die Gänge. Die kleinen Rädchen am Wagen quietschten und eierten. Mein Körper durchsiedete es, und meine Ohren wurden heiss. Hinter meinem feuchten Rücken hörte ich Stimmen. Ich hörte lautes Rufen und das erbarmungslose Kreischen, welches in hysterisches Heulen überging. Was hatte sie denn nur? Aufgeregt kreiste mein Blick umher. Die Angst kroch zurück. Ich spürte, irgendwas war da nicht gut. Was hatte ich übersehen? Ich fuhr wild durch den grossen Laden, und da fiel mein Blick auf das Sitzteil des Einkaufswagens. Ein Plüschhase mit Hängeohren, die bei meiner wilden Fahrt ebenso wild schaukelten, sass im Einkaufswagenkindersitz. Er sass schief und würde bald aus dem Sitz fallen. Ich richtete ihn auf. «Was machst du denn hier?», zischte ich den Hasen an. Er antwortete nicht. «Gehörst du dem Schreihals?» Der Hase schaute mich mit grossen schwarzen Augen an und schwieg. «Und was soll ich jetzt mit dir machen?» Das Plüschtier wusste es wohl auch nicht, denn er gab keine Antwort. Ich hatte das Gefühl, dass ich bald umzingelt werden würde. Stimmen kamen näher, und ich konnte das Schluchzen des Schreikindes mit der kräftigen Stimme hören. Ich versteckte mich in der hinteren Ecke des Ladens und warf den Hasen in das Regal für Tiernahrung. Da war er doch gut aufgehoben und würde sicher überleben. Dann zog ich meine Jacke an, band mir das Tuch auf den Kopf und zog die Handschuhe wieder über. Auf meiner Stirn stand geschrieben: Ich war's nicht. So rollerte ich abseits durch eher ruhigere Gänge bis zu meinem Kuchenturm, füllte meinen eroberten Einkaufswagen und rollte nochmals zur Kühltheke. Die restlichen Kuchenpakete wollte ich auch mitnehmen. Das musste sein! Ich beugte mich über den Rand und zappelte wild mit den Beinen, um die letzten Kuchenpackungen zu erhaschen. Es schien heute sehr heiss zu sein in dem sonst so kalten Einkaufsladen. Ich schwitzte wie in einer Sauna unter meinen Verhüllungen. Ich hätte am liebsten den Laden umgehend verlassen, konnte doch aber die restlichen Kuchen nicht alleine lassen. Ich musste diese Pakete auch noch haben. Und zwar alle! Das Kuchenfach war dann auch mal leer und mein Wagen voll. Der Wagen war so voll, dass die Kuchen schon vom Wagen rutschten. Vielleicht sollte ich noch einen zweiten Wagen organisieren? Also beim ersten Mal hatte das ja gut geklappt. Ich überlegte kurz. Eine Durchsage gab die Vermisstenmeldung eines Plüschhasen durch. So brach ich meine Überlegungen ab und schob den Wagen zur Kasse. Die Kassiererin musterte mich und meine Ware. «Wie viele Kuchen sind es denn?», fragte sie mich. Mh, keine Ahnung. Ich hatte nicht gezählt. «Viele», sagte ich und lächelte. Doch ich musste alle Kuchen einzeln auf das Band legen. 26 Pakete waren es. Ich stapelte diese wieder in den Einkaufswagen. «Hier ist eine Familie, die sucht einen Hasen, der wurde hier verloren, und das Mädchen ist unheimlich traurig. Haben Sie vielleicht einen Hasen gesehen? Wissen Sie, so einen Plüschhasen?» «Ein Hase?», fragte ich nach und überlegte. «Nein, das wäre mir aufgefallen.»

Casimir

Im Heim wurde gemunkelt, dass ein neuer Doktor die Heimleitung übernehmen würde. Das wussten alle, aber keiner wusste mehr. Für das Personal würde sich nichts ändern, hiess es, und für die Heimbewohner auch nicht. Lediglich die Leitung wird ausgetauscht, die Spitze erneuert. Einzelheiten erfahren wir bald, hiess es. Im Bus machte ich mir doch so meine Gedanken. Ob wohl alles beim Alten blieb? Ich war glücklich bei meiner Arbeit. Oftmals ändern sich viele Dinge nicht unbedingt zum Positiven, wenn ein neuer Chef da ist. Da wird gespart und gestoppt, dort gestrichen und da geändert. Der Platz neben mir im Bus war frei. Auf dem Sitz lag ein Blättchen, eine Zeitung mit wenigen Blättern. Die Leute inserierten. Suche dies, suche jenes. Verkaufe das und verschenke dies. Elena hatte mir schon mal vorgeschlagen, darin ein Inserat aufzugeben, in welchem ich einen Mann suche. Pah! Wie lächerlich. Ich warf die Zeitung zackig wieder auf den Sitz. Der Mann mir gegenüber sah auf und blickte mir ins Gesicht. «Bei diesem Wetter kann man depressiv werden. Geht mir genauso», verkündete er. Ich lächelte, nickte und vergrub mein Gesicht lieber wieder in den Inseraten. Wohnwagen ... Hundesitter ... Kellerentrümpelungen ... Putzfrauen ... Massagefrauen ... Stehlampen ... Ferienhäuser ... Tierheim. Tierheim. Meinen Blick liess ich die Spalten entlanggleiten. «Casi-

mir sucht» lautete die Überschrift des erste Tierheim-In-
serates. «… er fühlt sich sehr einsam und sucht Gesellschaft …» Ich stieg aus dem Bus und wartete auf den
nächsten. Auf den entgegenkommenden Bus. «… er
sucht ein ruhiges Plätzchen und freut sich über Ihren
Besuch …» Ich lächelte und wusste, was zu tun war.

Das Vieh

Casimir gefiel mir auf den ersten Blick und ich ihm scheinbar auch. Bereits nach kurzer Zeit schnurrte er friedlich in meinen Armen und hielt die Augen geschlossen. Keinen Mucks machte er. «Er ist sicher schon über 15 Jahre und ein friedliches, ruhiges Tier. Leider möchten die Leute keine so alten Tiere aus dem Heim und interessieren sich eher für die jungen Tiere.» So erzählte mir die Dame vom Tierheim und strich dem Casimir liebevoll übers Fell. «Na …», fragte sie das Tier gedehnt, «möchtest du mit der netten Dame mitgehen?» Sie beugte sich hinunter und schaute dem Kater ins Gesicht. Casimir fauchte sie an und schnurrte dann weiter. «Also ich interpretiere dies als ein eindeutiges JA», lachte ich und unterschrieb sogleich den Übergabevertrag. Casimir blieb die ganze Busfahrt brav in meinen Armen und war der Star im Bus. Ich stieg auch extra hinten in den Bus, da ich mir nicht sicher war, ob Katzen im Bus erlaubt sind oder nicht. Casimir wäre dies aber sicher schlicht egal gewesen. Mit dem Kater auf dem Arm stapfte ich nach der Busfahrt durch den frischen Schnee. Casimir fühlte sich sichtlich wohl und schnurrte die ganze Zeit über. Weder die durchdrehenden Räder mancher Autos, die noch mit Sommerreifen bestückt waren, noch der lärmende Schneepflug konnten ihn aus seinem Schnurr-Konzept bringen. Vielleicht war es auch die Liebe, die ich dem Tier schon entgegenbrachte, obwohl ich den

Kater erst gut 30 Minuten kannte. Als unser Hinterhofhaus in den Blick kam, wurde Casimir etwas unruhig. Er
öffnete die Augen und schaute interessiert seinem neuen
Heim entgegen. Vor dem Haus sassen Frau Kramer und
Magdalena. Man konnte beide auch aus einiger Entfer-
nung gut erkennen. Die kleine alte Frau, eingewickelt in
eine Decke, mit einem Tuch auf dem Kopf, und die
gross gewachsene Magdalena daneben. Beide hatten
Tassen vor sich stehen, aus denen es heiss dampfte. Die
Frauen rührten synchron und schwiegen, wie ich bei nä-
herem Hinkommen feststellte. Vor dem Haus standen
bereits einige schwarze Plastiksäcke, und neben dem
Haus parkte der Silberschlitten mit dem Stern auf der
Motorhaube. Der Kofferraum war geöffnet, und ich
konnte einen Stapel Dokumente oder Papiere sehen, die
fein säuberlich mit einem roten Band gebündelt waren.
Aha, dachte ich, die liebe Frau Tochter ist wieder im
Haus. Aus den offenen Fenstern der Kramer-Wohnung
konnte ich Geklirre von Gläsern und Geschirr hören.
Casimir gab ein lautes Miau von sich. Frau Kramer
blickte auf. Ihre glasklaren, müden Augen weiteten sich.
«Herbert!», rief sie aus. Zitternd stand sie auf, Magdalena
stützte sie. Frau Kramer hielt sich mit einer Hand am
Tisch fest, ihre andere Hand streckte sie mir zittrig ent-
gegen, die handschuhbestückten Finger waren gespreizt.
«Herbert!», rief sie nochmals laut. «Du bist wieder da!»
«Ähhhhhm, Entschuldigung, das ist Casimir. Die Katze
heisst Casimir», versuchte ich zu erklären. Ich erklärte

dies mehrere Male, aber Frau Kramer bestand darauf, dass Casimir Herbert heissen würde. Nun ging mir erst ein Licht auf. Frau Kramers Katze hiess Herbert. Und es war die Katze, von der sie immer sprach. Aber ... das ist doch nicht Herbert! Oder doch? Frau Kramer hatte sich die Katze gegriffen und drückte und presste das Tier gegen ihre Wangen. Sie musste alle Kraft aufwenden. Obwohl Casimir kein Kater von Übergewicht war, hatte er doch ein paar Kilo. Sprachlos stand ich vor Frau Kramer und schaute sie und Magdalena abwechselnd an. Herbert oder Casimir? Ich schob meine rechte Augenbraue in die Höhe und überlegte. Hatte ich tatsächlich Herbert gefunden? So wie die beiden sich da beturtelten, war das gut möglich. «Vielen Dank schen, Frau Isolde. Jetzt Frau Kramer viel glicklich.» Ja, Frau Kramer schien sehr glücklich. Die schnurrende Katze auf dem Schoss, murmelte sie immer wieder seinen Namen. Auch Magdalena freute sich und gab Frau Kramer einen Kuss auf die Wange. «Nu, alle wieder zusammen. Frau Kramer glicklich, Herbert glicklich, Magdalena glicklich.» Nun, irgendwie war das ja auch schön. Wie gewonnen, so zerronnen. Aber das ist doch schon wirklich ein grosser Zufall, wenn dies Herbert sein soll. Ich konnte das gar nicht glauben und schaute immer noch erstaunt auf Frau Kramer, welche mit meinem Kater schmuste. «Was zum Geier ist denn hier los?», unterbrach jemand unfreundlich unsere Idylle. «Was macht das Vieh wieder hier?» Frau Kramers Tochter stand in der Tür, ihre

Hände in die Hüften gestützt. Ihr Blick war vorwurfsvoll auf ihre Mutter gerichtet. Dann blickte sie mich an. «Sie-eeee!», rief sie und wackelte mit ihrem Finger vor meiner Nase herum. Ihre Hände steckten in Plastikhandschuhen; ich konnte den Geruch von PVC in meiner Nase spüren. «Sieeeee!», rief sie wieder. «Sie wagen es, die Katze zurückzubringen! Was erlauben Sie sich?» Ehe ich mich versah, hatte ich die Katze wieder im Arm. «Nehmen Sie das Vieh und verschwinden. Aber schnell.» Sie hatte ein böses Funkeln in den Augen und roten Lippenstift an den Vorderzähnen. Ich legte den Kater in Frau Kramers Schoss zurück, drehte mich langsam um und sagte: «Das Vieh heisst Herbert und … wer sind Sie überhaupt?»

Klein anfangen

Magdalena stand vor der Tür und strahlte mich an. Sie hatte ihre Arme nach vorn gestreckt, und in ihren Händen hielt sie ein kleines Päckchen mit einer grossen rosafarbenen Schleife. «Schöne Weihnachten, liebe Frau Isolde», säuselte sie. Weihnachten? In meinem Kopf lief ein kurzer Film ab: angebrannter Gänsebraten, selbstgestrickte Schals, sich im Eiltempo drehende Pyramiden, Onkel Willi, der zwei oder drei Flaschen Wein zu viel intus hatte, und Streit am ach so lieben Familientisch wegen fehlender Dessertlöffel und missverstandener Geschenke mit dem Titel: «Wie führe ich den Haushalt richtig». Und dann gehörte zu Weihnachten noch der Film dazu, wie mein Vater mit einem blauen, grossen Leinenrucksack das Haus verliess. Er ging mit gesenktem Kopf und blickte nicht zurück. «Danke!» Also, ich freute mich wirklich über das Mitbringsel. Magdalena war so süss. Ich denke, sie konnte gar nichts falsch machen. Ihr eingefrorenes Honigkuchen-Lächeln hatte sie immer noch im Gesicht, als sie auf meinem Sofa sass und ich ihr einen mikrowellenheissen Tetrapack-Glühwein brachte. Ich tätschelte ihren Arm und bedankte mich nochmals für den zimt-lebkuchen-wunderbaren Weihnachtstee, welchen ich in der Hand hielt. Magdalena drehte sich zu mir. «Frau Isolde, du hast auch schöne Weihnachten?» Sie schloss die Augen. «Mit grossem Baum und vielen Kerzen und Engelsstern. Und mit

Mama und Papa und mit Oma und Opa, viel gutem Essen an grossem Tisch?» Also, mit Papa wird es schon schwierig, dachte ich und legte meinen Kopf schief. Ich hatte ja schon mit meiner Mutter genug zu tun. Einen Vater brauchte ich da nicht wirklich. «Weisst du, Magdalena», begann ich, «Weihnachten ist nicht wirklich so mein Ding.» «Ding?», unterbrach mich die schöne Polin. «Das ist doch kein Ding, Frau Isolde! Das ist viele Liebe in Familie. Alle schauen einmal im Jahr.» – «Ich mag kein Weihnachten», sagte ich trocken. «Es wird auch keinen Baum geben und keine Familie und keinen Gänsebraten.» Erstaunt blickte mich Magdalena an. Sie schaute direkt in meine Augen. «Frau Isolde, warum nicht?», fragte sie und nahm meine Hand. Ja, warum nicht … Mh, ich hatte keine Ahnung. Ich mochte eben diese Verlogenheit in unserer Familie nicht. Diese Tage waren so unecht, so unehrlich. Wir-haben-uns-alle-lieb-Tage.

Oder doch nicht? Ich schaute Magdalena an und hatte Tränen in den Augen. «Ich weiss nicht genau», sagte ich. «Ich mag Weihnachten einfach nicht.» Ich sprach nicht mal gern über Weihnachten. «Aber Tee habe ich gern», lachte ich und stand auf. Schon mit dem ersten Schluck der Teemischung «Zimt und Lebkuchen für wunderbare Weihnachten», welche ich von Magdalena geschenkt bekommen hatte, überkam mich plötzliche Weihnachtsstimmung. Warm, oder geradezu heiss, strömte dieser feine Weihnachtstee durch meinen Körper und hinterliess bei mir dieses neue, aber doch schöne Gefühl. Ein

Weihnachtsgefühl. Erstaunt über mich selbst und über dieses doch eher unbekannte Gefühl, lauschte ich in mich hinein und sagte mir: Ja, doch ... Weihnachten ... dieses Jahr feiere ich Weihnachten. Warum eigentlich nicht. Mit einem geschmückten Baum, mit einer Festtafel, an welcher ich die ganze Familie sitzen lassen würde. Oder halt auch nur einen Teil der Familie. Zuerst brauchte ich einen Baum! Und eine Gans ... jawoll! Ich kramte aus der untersten Schublade einen langen roten Schal hervor, wickelte diesen dreifach um den Hals, stieg in meine Winterstiefel, schlüpfte in den Mantel und trat vor die Tür. Mit dem Baum wollte ich beginnen. Der Wintertag empfing mich mit eisiger Luft. Ja, freute ich mich und rieb meine Hände. So muss es sein. Kalt. Verschneit. Und ... wo waren eigentlich meine Handschuhe? Im frisch gefallenen Schnee gab es noch keine Spuren. Herbert sass vor der Haustür und überlegte wohl, ob er es wagen sollte, als Erster Spuren im frischen Schnee zu hinterlassen. «Hallo Herbert», grüsste ich ihn. «Miauuuuu», antwortete Herbert und begann zu schnurren. «Ich kaufe jetzt einen Weihnachtsbaum», flüsterte ich ihm mein Geheimnis zu. Herbert blickte mich an und tapste los. In den Schnee. Als Erster. Ich stampfte hinterher. Die Luft war kalt. Die Bäume starr. Die wenigen Leute an der Bushaltestelle standen fast regungslos und schauten vor sich hin. Nach zwei Stationen stieg ich aus. Schon konnte ich Weihnachtslieder hören, Glühwein riechen und den Weihnachtsmarkt sehen. Innerlich summte ich bereits mit. Hier war ich richtig, und meine gute Laune wuchs.Ich lief an einigen Holzbuden vorbei, deren Verkäufer allerlei Dinge anboten: Seife und Duftsäckchen, Selbstgehäkeltes, Pyramiden, Kerzen aller Art, Parfüms, Kissen, Holzspielsachen, Baumschmuck, Lebkuchen und Schnitzereien. Doch ich wollte nur einen Baum kaufen. So lief ich flotten Schrittes auf den Weihnachtsbaummarkt. «Sie suchen einen Baum, junge Frau?» Es tippte von hinten auf meine Schulter. Der Baumverkäufer hatte eine Mütze auf, unter deren Rand zwei strahlend blaue Augen blitzten. Wie hatte er das bloss erraten? Er lächelte freundlich und wartete gar nicht auf meine Antwort. Er drehte sich herum, breitete seine Arme aus und sagte: «Suchen Sie sich den Schönsten aus.» Und genau dies wollte ich tun. Ich schlenderte von Baum zu Baum. Alle waren doch sehr prächtig, aber ich wollte den schönsten Baum. Dem allerschönsten Baum vom Platz, wie ich fand, raunte ich zu: «Dich nehme ich mit.» Energisch lief ich zu meinem Baumverkäufer zurück und sagte: «Ich habe einen!» Froh lief ich voran, mein Baummensch hinterher. Ich präsentierte ihm meinen schönsten Baum. Mein Baummensch runzelte die Stirn und sagte: «Das ist ein sehr hoher Baum, junge Frau.» «Ja», lachte ich, «und ein sehr schöner noch dazu.» «Sind Sie sicher, dass Sie den wollten?» Ja, und ob ich den wollte. Zu zweit wurde der nicht ganz so billige Baum durch die Netzeinpackmaschine geschoben. Da lag er nun wie eine Wurst vor mir im festgestampften

Schnee. «Danke!», jubelte ich und wollte mit meinem Baum loslaufen. Ich wollte ihn aufheben und irgendwie tragen. Na ja, ich dachte nicht, dass er so schwer sein konnte. Und so gross. Und so lang. Und so unhandlich. Ich nahm ihn also am Stamm und hob ihn hoch, also, ich wollte ihn heben, brachte ihn aber nur so fünf Zentimeter über den Boden. Mein Baummensch sah mir zu und runzelte die Stirn. Irgendwie sah sein Blick sehr nachdenklich aus. Ich lächelte ihm zurück und winkte. Nochmals hob ich den Baum am Ende in die Höhe und nahm alle Kraft zusammen und siehe da ... Ha! Ich hatte ihn bereits sicher gute zehn Zentimeter heben können. Nun begann ich, den Baum zu ziehen. Gebückt, ein paar Zentimeter über dem Boden schleifte ich meinen tollen Prachtbaum über die Strasse. Ich musste immer nach wenigen Metern absetzen, weil es doch sehr anstrengend war in so gebückter Haltung. Aber ich kam voran, nicht schnell, aber doch ... ja ... es ging vorwärts. Ich musste nur bis zur Bushaltestelle kommen. Ich konnte sie schon sehen. Es standen sehr viele Leute dicht an dicht unter dem Glasdach, beladen mit bunten Tüten. Wohl leichtere Weihnachtseinkäufe als meine, vermutete ich. An der Bushaltestelle angekommen, grüsste ich freundlich von unten herauf und richtete mich unter Schmerzen etwas in die Höhe. Ganz konnte ich mich gar nicht aufrichten; ich hatte doch grosse Schmerzen. Die Fahrgäste des Linienbusses 8 schauten mir zu und beobachteten mich. Eine Frau mit einer köstlich duftenden Bratwurst in der Hand und Senf im linken Mundwinkel rief mir zu: «Sie ham's aba jut. Ick hätte ock jerne so 'n grossen Baum in meiner Wohnung. Aber wissen Se, unsere Zimmer sind für so 'n grossen Baum viel zu kleene.» Sie zog einen Schmollmund und deutete mit ihrer Wurst auf meinen Baum. Der lag der Länge nach vor dem Häuschen der Bushaltestelle. «Mir ham halt nur 'n kleenen, so einer aus Plastik, wissen Se?» Ja, ich wusste und nickte. Der Bus kam. Die Leute stiegen über meinen Baum, andere liefen auch um ihn herum und stiegen in den Bus ein. Ich ging wieder in die Baumanhebe-Haltung und hob den Stamm an. Der Busfahrer rief mir zu: «Wo woll'n Se denn mit der Fichte hin?» «In mein Wohnzimmer!», rief ich zurück. Der Fahrer lachte. «Na, dann komm'n Se ma rin, gute Frau.» Wenn das so einfach wäre, dachte ich. Der Fahrer schien mich zu hören und half. Gemeinsam hievten wir das Ungetüm in den Bus. Es war noch schwierig, um die Ecke zu kommen bei der Fahrerkabine. Wir legten den Baum mitten in den Gang. Die Leute hatten sich bereits alle in den hinteren Teil des Busses verkrümelt, so hatten der Baum und ich genug Beinfreiheit. «Sind ja nur zwee Stationen», murmelte der Busfahrer, wischte ein paar Tannennadeln vom Fahrersitz und richtete seinen Spiegel wieder gerade. Nach den zwei Stationen schleppte ich meinen Baum von der Haltestelle bis nach Hause, ganz allein. Ich zerrte und keuchte wie ein Esel und erreichte in Zentimeterarbeit die Zufahrt zu unserem Hinterhofhaus. Rasch! Rasch!

Bei jedem Zentimeterzug über den frischen Schnee machte mein Prachtbaum Geräusche. Irgendwann hatte ich die Haustüre erreicht. Herbert sass davor und schnurrte. «Hallo Herbert!», keuchte ich. «Miauuuuu», antwortete er. Ich öffnete die Haustüre und zog meinen Wunderbaum ins Haus. Als ich bereits auf der fünften Stufe stand, lag die Baumspitze immer noch draussen vor dem Haus im Schnee. Ich zog und zerrte meine tolle Fichte die Treppen hinauf. Nadeln rasselten durch das Verpackungsnetz. Und endlich erreichte ich die zweite Etage. Wie ein altes, gebücktes Männlein schloss ich die Türe auf. Mein Rücken schmerzte furchtbar, von einem Wieder-gerade-Durchbiegen konnte keine Rede sein. Dafür brauchte ich wohl noch ein paar Minuten oder Stunden. Oder gar Tage? Meine Rückenschmerzen waren gross. Ich schleifte mich und den Baum bis in die Küche. Der Baum erstreckte sich durch die ganze Wohnung. Die Spitze des Baumes lag noch im Hausflur. Mh … überlegte ich. Doch ein grosses Bäumchen, das ich mir da ausgesucht habe … Ich ging zum oberen Teil des Baumes und bog die Spitze etwas zur Seite, sodass ich wenigstens einmal die Türe schliessen konnte. Nun hatte ich also einen Baum. Einen Weihnachtsbaum. Ich war schon stolz, das muss ich erwähnen. Doch schon erwartete mich die nächste Aufgabe: den Baum aufstellen. Ich lief zur Spitze des Baumes, hob diese an und tastete mich am Baumstamm entlang. Natürlich war das schwer, sehr sogar. Und als es dann auch noch am Telefon klingelte und ich überlegte, ob ich den Baum wieder ablegen sollte, um ans Telefon zu gehen, wurde der Baum in Kürze zentnerschwer. So nahm ich alle Kraft zusammen, überhörte das schrille und hartnäckige Läuten meines Telefons und richtete unter Stöhnen und unter grösster Anstrengung den Baum auf. Leider war meine Zimmerdecke doch etwas tiefer, als der Baum hoch war. Die Baumspitze, also etwa ein Drittel des Baumes, bog sich an der Zimmerdecke entlang und schaute mich an. Ich konnte die Spitze schon berühren. Mh ... ich überlegte. An dieser Spitze konnte ich meinen Engelsstern nicht befestigen. Das war klar. Zudem war die Baumspitze ziemlich kahl. Das waren wohl Transportschäden. Aber zuerst einmal wollte ich den Baum auspacken. Ich zwängte mich am Baum vorbei in die Küche und kam mit einer Schere bewaffnet wieder zurück. Ich durchschnitt das Verpackungsnetz. Und dann wurde ich vom Baum fast erschlagen. Der Baum breitete allen Ernstes seine ganzen Äste und Zweige in meiner Wohnung aus. Er machte sich mit einem lauten Rascheln breit, und etwa eine halbe Tonne Nadeln ergossen sich auf meinen Teppichboden. Er fegte mit den Zweigen auf der einen Seite meine Teetasse vom Tisch und warf den Stuhl um. Auf der anderen Seite erstreckten sich die Zweige bis ins Schlafzimmer und dichteten den Eingang geradezu undurchlässig ab.Ich stand da und staunte. Dann holte ich frohen Mutes den Karton mit dem Baumschmuck aus dem Keller. Ich summte «O Tannenbaum» und begann den Baum zu schmücken. Ich krabbelte am Boden um den Baum herum und schmückte fröhlich vor mich hin. Nachdem ich den unteren Bereich des Baumes geschmückt hatte, war meine Baumschmuckkiste leer. Ich legte meinen Kopf schräg in den Nacken und überlegte. Also entweder noch mehr Baumschmuck kaufen oder ... Welches „oder" gibt es denn? Es klingelte. Gute Ablenkung. Magdalena. Sie strahlte mich an und hielt mir ein kleines grünes, bunt geschmücktes Plastikbäumchen entgegen. Fragend schaute ich in ihre grossen Augen. «Nu, vielleicht klein anfangen, liebe Frau Isolde.»Ja, das wäre sicher die bessere Idee gewesen. Ich blickte über meine Schulter auf das regungslose grosse grüne Monstrum in meinem Wohnzimmer und schluckte leise.

Esel

Ich rüttelte nochmals an der Eingangstür, doch nichts tat sich. Ich drückte sie nach vorn. Nichts. Ich zog sie nach hinten. Nichts. Hääh? Was war da los? Ich stellte meine flache Hand über die Augen und schaute durchs Glas in den Laden. Da waren doch Leute drin! Ich zog nochmals an der Tür. Nichts. Vielleicht ist es eine elektrische Türe, dachte ich. Eine, die sich selbst öffnete. Also lief ich drei Schritte zurück und stürmte wieder nach vorn. Nichts passierte. Ich hüpfte ein wenig auf und ab. Mein Gehüpfe brachte nichts. Ich lief langsam fünf Schritte zurück, bog um die nächste Hausecke und dann zackig wieder auf die Tür zu. Ein Neustart sozusagen. Die Tür blieb hartnäckig zu. Ich zog nochmals am verchromten Griff. Nichts. Versteckte Kamera vielleicht? Ich kniff meine Augen schmal zusammen und suchte oberhalb der Tür nach der kleinen gemeinen Kamera, die mich beobachtete und Tausende von Leuten zum Lachen bringt. Da! Ich sehe da ein kleines schwarzes Kästchen. Das ist sie wohl. Wie gemein! Aber nicht mit mir! Ich ging einen Schritt zurück, schaute nach meinen Fingernägeln, ob noch alle dran waren, verschränkte die Arme und wartete. Irgendwas wird schon passieren. Ich wartete nicht lange. Ein junger Mann kam schnellen Schrittes, riss an meiner Eingangstür. Da tat sich nichts. Hah! Noch so ein Depp. War ja klar. Ich zog eine Augenbraue in die Höhe und grinste ihn an. «Versteckte

Kamera», raunte ich ihm zu. Der junge Mann schaute mich an, als wäre ich mit Pickeln übersät, zog gleichzeitig an der anderen Tür und stürmte in den Laden. Was?? Verdattert stand ich da. Logisch. Zwei Türen! Wieso habe ich denn nicht die zweite Tür versucht? Und ein paar Schritte weiter gab es nochmals zwei Türen. Okay ... keine versteckte Kamera, nur Blödheit. Hoffentlich hatte mich keiner beobachtet. Galant öffnete ich die Eingangstüre und betrat den Laden. Sofort war mir warm. Ich öffnete den Mantel und zog den Schal ab.Gleich neben dem Eingang gab es Parfüm zu kaufen, und lebendige Püppchen, bunt geschminkt mit piepsigem Stimmchen wollten, dass ich an Papierstreifen schnüffelte. Ich lehnte dankend ab und fuhr mit der Rolltreppe nach oben. Im ersten Stock befand sich die Spielzeugabteilung. Da Klein-Maxi, der Sohn von Elena und mein Patenkind, sein erstes Weihnachten feiert, wollte ich als liebevolle Patentante ein Geschenk kaufen. Ich muss nicht erwähnen, dass ich völlig überfordert war bei dem grossen Angebot. Kreischend, schrill und bunt ergoss sich der Ladeninhalt der Spielzeugabteilung in mein Hirn. Hilflos lief ich durch zahllose Gänge und war dem Schreien nah. Was schenkt man denn so einem Winzling? Ich stolperte durch die Gänge. Noch dazu die vielen Menschen! Jeder suchte, wühlte oder stand einfach nur im Weg. Mir wurde immer heisser. Ich knöpfte die beiden oberen Knöpfe meiner Bluse auf. Da! Ein Angebot, welches ich mir nicht entgehen lassen darf, las ich. Sehr schön. Was war denn das Angebot? Am Ende des Ganges erspähte ich eine Verkäuferin. Ich erahnte zumindest, dass es eine solche sein musste. Ihr Oberkörper hing tief in einem Drahtgestell, und ständig zauberte sie aus der Tiefe einen neuen Ball hervor. Vor dem Gestell stand die grell geschminkte Mutter mit Handy am Ohr und ihr nicht zufriedenes Kind. Es war ein Mädchen, blass im Gesicht und ihre dünnen strohblonden Haare waren links und rechts zu einem Strohbündel zusammengenommen. «Wie wärs mit Elefanten?», rief die Angestellte aus der Tiefe und hielt tapfer den rechten Arm nach oben. In der Hand hielt sie einen rosafarbenen Ball mit gelben Elefanten. «Nein!», rief das Strohmädchen und stampfte. «Ich will Tiger drauf!» «Und wie wärs denn mit Affen?», rief die Verkäuferin. «Tiger, Tiger, Tiger!», rief das kleine zweibeinige Ungeheuer. Sie stampfte und schnaubte wie ein Ross. «Ich will keine blöden Affen und keine Elefanten und auch keine Katzen und Hunde und keine Igel und auch keine Pferde. Ich will Tiiiiiiiiger!» Das «i» im Tiger betonte sie schrill. Und laut kreischte es in meinen Ohren. Da ich das Gefühl hatte, das Ganze hier könnte länger gehen, beschloss ich eine andere freundliche und eifrige Verkäuferin zu suchen. Diese wollte ich nach dem Angebot fragen. Inzwischen hatte ich meine blaue Bluse komplett aufgeknöpft, sodass mein hellgrünes Top zum Vorschein kam. Die Ärmel waren, wegen mehr Bewegungsfreiheit, bis zu den Ellbogen nach oben gekrempelt. Ich kämpfte mich durch volle Gänge und landete vor einem Informationsstand. Nach nur 20 Minuten war ich an der Reihe und erkundigte mich nach dem Angebot, welches ich mir nicht entgehen lassen durfte. Ein monoton klingender Verkäufer erklärte mir das tolle Angebot. Dabei schaute er mir vorbei und heftete seinen Blick an die Deckenlampe. Seine Stimme war so leise, dass ich meine Hände hinter die Ohrmuscheln legte, um auch jede seiner Silben verstehen zu können. «Bei unserem Angebot handelt es sich um einen aufblasbaren Esel», erklärte er mir auswendig gelernt. «Der Esel ist für Kinder ab 6 Monate geeignet, die bereits sitzen können. Zudem hat der Esel einen aufblasbaren Sitzring und die Ohren sind steif. Die Kinder können sich daran festhalten.» Er zeigte mit der Hand hinter sich. Und dort stand ein solcher Esel. Der Esel hatte sogar noch Zotteln als Mähne dran und Kufen unter den Hufen. Ein tolles Teil. Perfekt für Maxi. «Der Esel kostet 19.90 und kann auch als Geschenk verpackt werden.» Innerlich jubelte ich. Klasse, dieser Esel. Noch dazu bezahlbar. «Leider ist der Esel ausverkauft. Der Nächste bitte.» «Mooooment, Herr ... Herr.» Ich kniff die Augen zusammen, versuchte seinen Namen zu entziffern. Was zum Henker hat er denn für einen Namen auf dem Namensschild stehen? «Chilldich?», buchstabierte ich hörbar. Er zeigte mit seinem Finger auf sein Namensschild und sagte: «Dittrich. Ich heisse Dittrich.» sagte er monoton. Also, allen Ernstes wollte er mich für dumm verkaufen. Dort stand nun mal nichts von Dittrich. Aber dann erkannte ich, dass er sein Namensschild verkehrtherum am Kittel trug. Wie peinlich ist das denn? «Also ich will so einen Esel.» Ich stellte mich auf die Zehenspitzen. «Unbedingt!», betonte ich energisch. «Wir haben noch genügend andere Esel», wollte mich der falsche Dittrich abwimmeln. Dabei schaute er mich nicht einmal an, sondern blätterte teilnahmslos in seinem Heftchen. Ich blieb stehen. Ich wollte so einen Esel und keinen anderen. So stand ich da mit verschränkten Armen, und die Leute hinter mir in der Reihe wurden unruhig. Trotzig wie ein Esel blieb ich stehen. Keinen Millimeter bewegte ich mich. Das Raunen hinter mir wurde lauter. Ich räusperte mich und trommelte mit den Fingern auf die Theke. «Okay, Sie können diesen hier haben», hauchte der falsche Dittrich endlich und zeigte hinter sich. Er warf sein Heftchen in die Ecke. «Das ist das Ausstellungsstück.» Er stellte mir den Esel auf die Theke, blickte mich zum ersten Mal an und fragte überfreundlich: «Sonst noch etwas?» «Einpacken, bitte!»

Ein Wunsch frei

Ich stellte mich an und tippelte in Millischritten nach vorn. Es ging nur langsam vorwärts. Die Kasse konnte ich gar nicht sehen; dank meiner Grösse war ich gut in der Schlange geborgen bzw. verborgen. So hing mein Blick an den goldenen und roten Kugeln, die im Kaufhauslicht an der Decke glitzerten. Die Schneesterne tanzten im Winde der Klimaanlage, und die Hintergrundmusik wiederholte sich bereits wieder. Ja, ich freute mich auf das Weihnachtsfest; nie hätte ich dies jemals gedacht oder gesagt, doch in diesem Jahr war ich voll in Weihnachtsstimmung. Die längst verstaubten Girlanden hingen jetzt am Wohnzimmerfenster, und der Weihnachtsstern hatte Platz am Küchenfenster gefunden. Alles passte und fügte sich wunderbar. Es schien mir, als könne meinem ersten Weihnachtsfest nichts im Wege stehen. Ausser dem Weihnachtsbaum, der stand sprichwörtlich im Weg. So wartete ich nun mit meinem Esel brav in der Reihe, um bezahlen zu dürfen. Das Geschenkpapier löste sich langsam. Meine Hände waren schwitzig und der Esel schwer und unhandlich. Vor mir stand ein kleines Mädchen, etwa fünf Jahre alt, mit einem roten Strickpullover und weissen Sternen. Ich starrte auf die Sterne und versuchte, diese zu zählen. Doch das kleine Mädchen war ziemlich unruhig. Es stellte sich auf die Zehenspitzen, drehte sich nach links und rechts und hüpfte sogar einige Male auf und ab.

Wieder tippelte ich gebannten Blickes auf die Sterne des Kinderpullovers ein paar Millimeter nach vorn. Zusehends löste sich das Geschenkpapier unter meinen Händen. Der Esel schaute bereits mit dem Kopf aus dem bunten Papier. Ich versuchte, das Papier nach oben zu ziehen, dabei riss es unten. Nun waren auch Eselchens aufgeblasene Beine frei. Na gut, Blick- und Beinfreiheit ist doch auch was Schönes. Ich sann vor mich hin und überlegte dies und jenes. Tippelte wieder ein paar Zentimeter nach vorn und zählte dabei die Sterne. Dann ging es plötzlich ganz schnell. Das kleine Mädchen vor mir war dran und wurde von zwei Engeln nach vorn geschoben. Ich riss die Augen auf. Eine tiefe Männerstimme rief: «Bring doch deine Mami auch mit!» Völlig verwirrt wurde ich plötzlich nach vorne geschoben. Ich sträubte mich und machte mich steif, denn was ich sah, gefiel mir nicht. «Nein, ich will nicht!», rief ich. Ich wollte doch nur den Esel bezahlen. Die Engel lachten und sagten: «Keine Angst, das ist nicht der richtige Weihnachtsmann.» Ich umklammerte meinen Esel, presste mit der anderen Hand meine Tasche und meinen Mantel an mich und wurde einfach nach vorn ins Rampenlicht geschoben. Dort erspähten meine erschrockenen Augen einen Weihnachtsmann, welcher auf einem Schlitten sass. Er trug einen roten Mantel, der weiss mit Plüsch gesäumt war, Stiefel in Schwarz und einen langen weissen Rauschebart. Also ein Knecht Ruprecht, wie er im Buche stand. Lautes Scheppern von Schlittenglocken war zu hören. Zwei braune Rentieratrappen waren vor den Schlitten gespannt. Der Weihnachtsmann winkte nach mir und rief «Ho, ho, ho». Wie einfallsreich! Auf dem Schoss des bärtigen Weihnachtsmannes sass das kleine Mädchen im roten Sternenpullover, welches in der Reihe vor mir stand. Ich stolperte über die vielen bunten Päckchen, die rund um den Schlitten aufgebaut waren. Die beiden Engel mit ihren weissen Kostümen und den grossen, breiten Flügeln legten ihre Arme um mich und führten mich wie eine Blinde zum Schlitten. «Keine Sorge», flüsterte mir der eine Engel zu, «der Weihnachtsmann hat seine Rute daheim gelassen.» Der andere Engel kicherte. «Wir machen nur ein hübsches Foto mit Ihrer Tochter.» Ehe ich irgendetwas einwenden konnte, wurde ich in den Schlitten geschoben. Mein Mantel und mein Schal wurden mir abgenommen. Von meinem Esel wollte ich mich allerdings nicht trennen. Den presste ich an mich, und das Papier riss hörbar weiter. So sass ich nun mit dem aufgeblasenen Esel, mit dem Weihnachtsmann und mit einem fremden Kind auf der Bank eines Schlittens. Der Esel brauchte doch recht viel Platz, und es war fast ein wenig eng auf der Schlittenbank. Knecht Ruprecht hob das kleine Mädchen auf seinen Schoss und schlang den Arm um meine Schultern. Ich wusste überhaupt nicht, was mir passierte. Aber alles ging so schnell. Der Weihnachtsmann riss mich an sich, der Esel versank halb zwischen meinen Beinen, die Bluse rutschte über meine rechte Schulter.

Flash! Machte es. Und noch einmal. Flash! Es wurde kurz hell, und ich hörte das Klicken einer Kamera. «Sie haben einen Wunsch frei», sagte der Weihnachtsmann und tätschelte mir die Wange. Einen Wunsch? Das war nicht schwer. «Ich will hier weg! Sofort!»

Die Erklärungen immer ...

«Mama! Weisst du eigentlich, wie spät es ist?», polterte ich los. Dabei wusste ich es nicht einmal selbst und spähte auf meinen Fensterbrettwecker. Die Zeiger, deren Spitzen neonfarbig leuchteten, zeigten weit vor 7.00 Uhr an. «Beziehungsweise wie früh es ist!», rief ich geschockt. Mein freier Tag! Eigentlich wollte ich den Hörer gar nicht abnehmen, aber das permanente Schrillen war doch sehr nervig. «Isolde!» Mutters Stimme klang irgendwie nicht gut. «Isolde!» – «Ja, Mutter? Was ist passiert?» – «Passiert? Du fragst mich allen Ernstes, was passiert ist?» Sie schnaubte. «Ich will eine Erklärung! Und zwar sofort!» – «Aha», sagte ich und kramte in meinem Hirn nach bösen Dingen, die ich erklären müsste. «Ich bin in 15 Minuten bei dir.» Sie legte auf, und ich hielt den Hörer weiter an mein Ohr. Ich lauschte dem monotonen Ton des Besetztzeichens. Einfach so, regungslos. Ich wollte nachdenken. Doch es war noch so früh am Morgen, dass kein einziger vernünftiger Gedanke einschiessen wollte. Ich warf den Hörer in die Gabel und mich aufs Bett. Mhhhh, ich wollte schlafen, schlafen, schlafen, und was ich am allerwenigsten wollte, war meine Mutter jetzt im Haus. Mein Bett war noch so schön warm. Ich sollte es verlassen? Ich streckte mich, gähnte aus Leibeskräften und kuschelte mich dann unter die Decke. Nur schnell, um Abschied von der Nacht zu nehmen. Bevor der Tag samt meiner Mutter um die

Ecke bog. Ich schloss die Augen und atmete ruhig. Und da bogen sie auch schon, ehe ich mich versah, um die Ecke. Der Tag und meine Mutter, meine ich. Die Sonne ging auf, und beide standen in meinem Schlafzimmer. Das Tageslicht klopfte an mein Fenster, und die aufgehende Sonne hatte bereits einige goldene Strahlen losgeschickt, um mich an der Nase zu kitzeln. Meine Mutter hatte ihr blondes Haar zu einem Dutt nach oben gebunden, und an ihren Lippen hing ein glutroter Lippenstift. Sie lächelte sanft, setzte sich an mein Bett und streichelte mir den Rücken. Sie summte ein Lied, welches ich nicht kannte, mir aber sehr gut gefiel. Sie strich mir meine unbändigen Locken aus der Stirn. Die Sonnenstrahlen tanzten wild durch das Zimmer und brachen sich im Glas der vielen Fläschchen und Gläschen, die im Zimmer herumstanden. Sie warfen schöne Muster in den schönsten Farben. Meine Mutter küsste mich auf die Stirn. «Schlaf schön, mein Engel», sagte sie. Ruhig lag ihre Hand auf meinem Rücken. Doch durch laute, rücksichtslose Geräusche wurde ich plötzlich unsanft geweckt. Wie eine Eins sass ich aufrecht im Bett und sortierte mich. Mutter war nicht da. Und die Sonne auch nicht. Keine Gläser und Fläschchen, in denen sich die Sonne brach. Ich blickte zum Wecker. Die Zeiger mit den neonfarbigen Spitzen meines Weckers zeigten kurz nach 7.00 Uhr. Es hämmerte ungeduldig an meiner Tür. «Isoooooolde!!» Oh, Mutter! Mist, ich war wieder eingeschlafen! Ich sprang aus meinem Bett und öffnete die

Tür. Mutter stand davor. Sie blickte wild und hatte die Hände in die Hüften gestützt. Ihre blond gefärbten Haare hatte sie tatsächlich zu einem Dutt nach oben gesteckt, und wild hingen Strähnchen zu allen Seiten hervor. Der glutrote Lippenstift fehlte. Das Lächeln auch. Dafür hatte sie aber zwei tiefe Falten zwischen den Augen. Ihre vom Kajal dunkel umrandeten Augen waren verschmiert. Es hatte den Anschein, als hätte es am Morgen doch ziemlich schnell gehen müssen. Also im Traum hatte sie mir eindeutig besser gefallen. Ob ich ihr das sagen sollte? Und ich glaube, vorsingen wollte sie mir auch nichts. Sie schnaubte, als sie mich im Schlafanzug-Häschenoverall stehen sah, und stürzte an mir vorbei. Sie knallte eine Zeitung auf den Küchentisch und stützte sich mit beiden Händen am Tisch ab. Als sie meinen übergrossen Weihnachtsbaum sah, der die Hälfte meiner Wohnung einnahm, begann sie zu hyperventilieren. Sie atmete recht schnell, und ihre Augen quollen zusehends aus dem Gesicht. Sie schluckte zweimal laut. «Geht es dir nicht gut?», fragte ich vorsichtig. «Doch, Isolde, mir geht es prächtig.» Sie drehte den Kopf und schaute mich an. «Ich frage mich nur: Wie kommt man zu einem Kind?» Darüber hatte ich ehrlich gesagt noch nie so richtig nachgedacht. Also, man musste da auch nicht so richtig nachdenken. Meistens passiert das eben. Ist doch der Lauf der Natur, meine ich. Mutter hatte doch selbst zwei Kinder. Wieso musste ich ihr das jetzt

erklären? «Na ja.» Ich überlegte mir eine schlaue Antwort. «Das ist so wie mit den Bienlein und den Blüm-
chen.» Die Augenbrauen meiner Mutter schnellten nach
oben. Irgendwie schaute sie mich ganz komisch an. Sie
stoppte meine Erklärungen mit der erhobenen flachen
Hand. So schwieg ich beleidigt. Sie hielt mir «Der Bote»
vor die Nase. Verkehrtherum. Sie hielt ihn mir so dicht
vor die Nase, dass ich einen Schritt zurücktreten musste.
Ich konnte weder etwas lesen noch etwas erkennen. So
drehte ich meinen Kopf seitlich wie eine Eule und versuchte, die auf dem Kopf stehenden Buchstaben zu entziffern. Es war wirklich echt schwierig; so drehte ich
meinen Oberkörper seitlich, so weit es ging, hinterher.
Diese Haltung war für mich als sehr unsportliches Wesen sehr anstrengend. Ich verlor fast schon das Gleich-
gewicht. Ich stützte mich mit einer Hand am Tisch ab
und drehte meinen Kopf also so weit, wie es ging. Ich
hätte wohl einen Kopfstand machen sollen. Die Zeitung
wurde barsch weggerissen. «Was tust du?», rief meine
Mutter. Sie klang verzweifelt. «Ich versuche zu lesen»,
sagte ich fragend. Was denn sonst? Sie hielt doch die
Zeitung so schief vor mich hin, dass ich nichts auf nor-
malem Wege erkennen konnte! Ach, ich bekam schon
schlechte Laune. Erst so dumme Fragen und das noch
am frühen Morgen. Jeder weiss doch, wie man Kinder
bekommt. Oder sollte die Antwort in der Zeitung stehen? Gab es neue wichtige Erkenntnisse? Ich gähnte
laut. Mir war das egal, ich wollte eigentlich nur schlafen.

Meine Mutter fächelte sich mit der Zeitung Luft zu und setzte sich stöhnend an den Tisch. Sie hatte heiss, eindeutig! Ich öffnete schnell das Fenster. «Du bringst mich noch ins Grab!», jammerte meine Mutter. «Soll ich das Fenster wieder schliessen?», fragte ich. «Nein!», rief meine Mutter energisch. «Das Fenster ist mir egal. Aber es ist mir nicht egal, was die Leute sagen.» Meine Mutter kam auf mich zu und sagte ernst: «Ist dir bewusst, dass mich die halbe Welt kennt?» Also die halbe Welt ... na ja ... ich zog meine rechte Augenbraue in die Höhe. Die halbe Welt ... das ist ja wohl etwas übertrieben ... also, wenn die Welt klein ist, so winzig klein ... dann vielleicht... also, wenn nur ... «Isolde!» Wie ein kleines Kind schob meine Mutter mich auf den Stuhl und drückte mich nieder. Sie klatschte die Zeitung «Der Bote» auf den Tisch. «Erklär mir das», forderte sie. Ihr Zeigefinger klopfte permanent auf ein Foto. Dann stand sie auf und stopfte sich vor dem kleinen Spiegel, der neben meiner Vitrine hing, ihre blonden Strähnchen wieder in den Dutt. Dabei zog sie ein paar Haarklammern aus ihrem Haargebüsch und steckte diese vorübergehend in den Mund. Durch die zusammengepressten Lippen und den Blick im Spiegelglas mir zugewandt, rief sie: «Wer zum Kuckuck ist dieses Kind?» Sie nahm eine Klammer aus dem Mund und steckte sie sich ins Haar. «Wieso ist deine Bluse offen?» Sie fingerte eine zweite Haarnadel aus dem Mund und klemmte mit dieser eine weitere Strähne fest. «Und wieso um Himmelswillen hast du ein

Gummiboot dabei?» Ich starrte auf das Bild. Auf das Titelblattbild. Ein Schlitten, ein Weihnachtsmann, ein Kind im Sternenpullover, eine erstarrte, offenherzige Frau, deren Haar wirr nach links und rechts abstand und die einen aufgeblasenen Gummiesel zwischen den Beinen hatte. Zudem konnte ich Schweissränder im Achselbereich und Schweisstropfen auf der Stirn erkennen. Ich war etwas erstarrt und geschockt, das muss ich zugeben. Ein schreckliches Foto. Wieso ausgerechnet dieses Bild abgedruckt wurde! Über dem Foto stand: «Besinnliche Weihnachten in Familie.» Und weiter unten: «Wir lassen keinen allein … rücken Sie näher zusammen … spüren Sie die Liebe … geniessen Sie schöne Stunden in weihnachtlicher Stimmung … im Kreise der Familie und Freunde.» Meine Mutter steckte sich die letzte Haarnadel ins Haar und sagte: «Was hast du dir denn dabei gedacht?» Gedacht? Haha … nichts habe ich gedacht … nur weg wollte ich dort. Gekämpft habe ich wie ein Löwe mit meinem Gummiesel. Jawoll. Und das, obwohl mich nicht die halbe Welt kennt. Ich war genervt. «Keine Ahnung.» – «Wie … keine Ahnung?» Mutter drehte sich zu mir um. «Du weisst nicht, was du dir dabei gedacht hast?» – «Nein …», sagte ich trotzig, «es ist einfach so passiert. Meine Idee war das Foto nicht, und in die Zeitung wollte ich auch nicht!» «Wessen Kind ist das?», fragte Mutter. «Keine Ahnung, ich kenne das Kind nicht!» Mutter hielt ihre Nase dicht vor mein Gesicht.

«Warum lässt du dich mit einem fremden Kind fotografieren?» – «Das hatten die Engel entschieden.» – «Die Engel!», höhnte Mutter. Sie schüttelte den Kopf. «Die Engel!», rief sie wieder aus. «Und das nächste Kind bekommst du wohl vom Weihnachtsmann?» Dieser Satz war prägend. Wenn ich keinen Mann finden würde – und ja, momentan war auch kein Mann weit und breit zu sehen –, dann würde meine Mutter recht haben. «Ja, wahrscheinlich», gab ich ihr zur Antwort. Mutter schnappte sich ihre Tasche. «Wenn du solche Sachen machst, Isolde, dann mache das bitte so, dass es nicht die ganze Welt erfährt.» Sie öffnete die Türe. «Es ist einfach nur peinlich für mich. Ich weiss, du verstehst das nicht. Aber ich stehe in der Öffentlichkeit.» Sie zog ihr Tuch fester um den Hals. «Aber auch du könntest anfangen, auf dich zu achten. Schau Basti an, der hat geheiratet. Und du?» Sie nahm die Autoschlüssel aus der Manteltasche. Hoffentlich war sie jetzt mal fertig mit ihrem Vortrag. Ich stellte mich ans Fenster. Friedlich und leise schwebten weiche Schneeflocken vom Himmel. In meinem Kopf sang es bereits, und ich summte leise mit: «Leise rieselt der Schnee.» Mutter redete noch irgendetwas. Das Letzte, was ich hörte, war: «Schöne Weihnachten.» Dann sah ich sie, wie sie in ihren Volvo stieg und langsam davonfuhr. Ich wollte über diese letzten Minuten wirklich nicht nachdenken. Aber ich wollte eine Belohnung für den anstrengenden Morgen und suchte in meiner Fressschublade nach einer solchen. Eine Tafel

Schokolade mit Haselnüssen eroberte das Tageslicht und war schnell ausgepackt. Ich verbrachte den restlichen Morgen in meinem Ohrensessel mit Schokolade. Ich dachte so über mein Leben nach. Wieder neigte sich ein Jahr dem Ende entgegen, und ja, Mutter hatte schon recht. Ich war immer noch allein, und ich werde immer älter. Kein Mann, keine Kinder ... Andere Frauen meines Alters schoben bereits zwei Kinderwagen gleichzeitig durch die Gegend. In meinem Hirn summte es noch: «Leise rieselt der Schnee ...» Vielleicht würden im nächsten Jahr eher Männer rieseln. Ich lächelte. Ja, das wär's. Männer, die vom Himmel fallen, alle für mich. Den Schönsten fange ich auf. Ja, das neue Jahr, was es wohl bringen mag? Alle um mich herum hatten neue Vorsätze. Ich hatte das nie, wieso auch? Aber vielleicht wurde es ja tatsächlich Zeit für einen Vorsatz. Und leise rieselten die Vorsätze von der Decke. Viele von ihnen wischte ich wieder weg. Aber einen davon hielt ich fest und nickte zufrieden. Ich wollte im neuen Jahr auf eine Reise gehen. Das war ein guter Vorsatz. Ich freute mich und plante in meinem Kopf bereits eine Reise. Egal wohin. Aber ich sah mich bereits am Strand spazieren, die Sonne geniessen, die Füsse im Pool und einen Sonnenhut kaufen. Vielleicht finde ich ja tatsächlich auch noch einen Mann, dann könnte ich mit ihm verreisen. Zu zweit ist es ja bekanntlich lustiger. Ich war auch guter Hoffnung, schaute an meinem Hasenoverall hinunter und wackelte mit den Füssen.

«Schauen wir, wohin dich deine kleinen Füsse tragen», murmelte ich zufrieden lächelnd und starrte auf die Schneeflocken, die leise vom Himmel schwebten, und ich spürte innerlich, dass das neue Jahr viele Überraschungen mit sich bringen würde.

Isolde ¼

Bibliografische Information der Deutschen Nationalbibliothek: Die Deutsche Nationalbibliothek verzeich-
net diese Publikation in der Deutschen Nationalbiblio-
grafie; detaillierte bibliografische Daten sind im Inter-
net über dnb.dnb.de abrufbar.

Die automatisierte Analyse des Werkes, um daraus In-
formationen insbesondere über Muster, Trends und
Korrelationen gemäß §44b UrhG („Text und Data Mi-
ning") zu gewinnen, ist untersagt.

Verlag: BoD · Books on Demand GmbH, Überseering
33, 22297 Hamburg, bod@bod.de
Druck: Libri Plureos GmbH, Friedensallee 273, 22763
Hamburg

ISBN: 978-3-7504-2441-8